Maud Ventura

MI MARIDO

Maud Ventura

MI MARIDO

Traducción de María Teresa Gallego y
Amaya García Gallego

Nørdicalibros

Título original:
Mon mari

C/ Doctor Blanco Soler, 26 · 28044 Madrid
Tlf: (+34) 91 705 50 57 · info@nordicalibros.com
Primera edición: febrero de 2025
ISBN: 979-13-87563-04-2
Depósito Legal: M-2178-2025
IBIC: FA
Thema: FBA

Impreso en España / *Printed in Spain*
Imprenta Kadmos
(Salamanca)

Diseño: Filo Estudio y Nacho Caballero
Maquetación: Diego Moreno
Corrección ortotipográfica: Victoria Parra y Ana Patrón

A mis padres
amor, siempre

«Nunca he escrito, creyendo hacerlo,
nunca he amado, creyendo amar,
nunca he hecho nada más que esperar
delante de la puerta cerrada».

El amante, Marguerite Duras

Estoy enamorada de mi marido. Aunque más bien debería decir: *sigo* enamorada de mi marido.

Quiero a mi marido como el primer día, con un amor adolescente y anacrónico. Lo quiero como si tuviera quince años, como si acabásemos de conocernos, como si no tuviésemos ninguna atadura, ni casa, ni hijos. Lo quiero como si nadie hubiese cortado conmigo, como si yo no hubiese aprendido nada, como si él hubiese sido el primero, como si fuese a morirme este domingo.

Vivo con el miedo a perderlo. Me paso todo el rato temiendo que se tuerzan las cosas. Me protejo de amenazas que no existen.

Mi amor por él no ha seguido el curso natural de las cosas: la pasión del principio no se ha convertido nunca en un grato apego. Siempre estoy pensando en mi marido, me gustaría enviarle un mensaje a cada momento del día, me imagino que le digo que lo quiero todas las mañanas, sueño con que nos amemos todas las noches. Me contengo para no hacerlo porque también debo ser esposa y madre. Ya no tengo edad para jugar a las enamoradas. Con dos hijos en casa, no hay cabida para la pasión, está fuera de lugar después de tantos años de convivencia. Sé que debo controlarme para amar.

Me dan envidia los amores prohibidos, las pasiones transgresoras que no se pueden vivir a plena luz. Me da aún más envidia el amor cuando no es compartido o ha dejado de serlo, cuando el corazón palpita en sentido único, cuando el corazón late en una sola dirección. Me dan envidia las viudas, las amantes y las mujeres abandonadas, pues llevo quince años viviendo la desdicha constante y paradójica de un amor correspondido, de tener una relación apasionada y sin obstáculo aparente.

Cuántas veces he tenido la esperanza de que mi marido me mintiese, de que me engañase o de que me abandonase; el papel de la divorciada abatida es más fácil de interpretar. Ya está escrito. Ya se ha representado.

Existen millones de personas transidas de amor que entonan la pérdida o el rechazo. Pero no sé de ninguna novela, de ninguna película, de ningún poema que pueda servirme de ejemplo y enseñarme cómo amar menos y mejor. No sé de ninguna protagonista de ninguna obra que pueda enseñarme cómo hacerlo. No cuento con nada para documentar mi aflicción.

Tampoco tengo nada que pueda calmarla, pues mi marido me lo ha dado todo. Sé que pasaremos la vida juntos. Soy la madre de sus dos hijos. No puedo esperar nada más, no puedo esperar nada mejor y no obstante el vacío que siento es inmenso y espero de él que lo colme. Pero ¿con qué casa, con qué hijo, con qué joya, con qué declaración, con qué viaje, con qué detalle podría llenar lo que ya está lleno?

Lunes

Todos los lunes cruzo la puerta del instituto sin sentir ningún desánimo. Soy profesora de Inglés desde hace casi quince años, pero nunca he olvidado por qué me gusta tanto dar clase. Durante una hora todo el mundo está pendiente de mí. Controlo la duración, mi voz llena el espacio. También soy traductora para una editorial. Puede que esa doble vida sea lo que ha mantenido intacta dentro de mí la llama de la enseñanza.

En el aparcamiento reservado para los profesores me cruzo con el director, charlamos un ratito. Luego llega el momento que estaba esperando; me pregunta por *mi marido*. Contesto que *mi marido* está bien. Esta expresión me sigue causando el mismo efecto al cabo de trece años de matrimonio. Escalofríos de orgullo cuando en una cena dejo caer que «mi marido se dedica a las finanzas»; cuando le indico a la maestra de mi hija delante de la verja de la escuela que «el jueves será mi marido quien recoja a los niños»; cuando voy a comprar dulces a la panadería y anuncio que «mi marido los dejó encargados el martes»; cuando cuento con cara de falsa indiferencia (cuando en realidad me parece algo de lo más romántico) que «mi marido y yo nos encontramos por casualidad en un concierto de *rock*» cuando me preguntan cómo nos conocimos. Mi marido ya no tiene nombre, es *mi marido*, me pertenece.

El lunes siempre ha sido mi día favorito. A veces se engalana con un azul profundo y regio: azul marino, azul noche, azul egipcio o azul zafiro. Pero lo más habitual es que el lunes tome la apariencia de un azul práctico, económico y motivador, adoptando el color de los bolígrafos Bic, de los clasificadores de mis alumnos y de la ropa sencilla que pega con todo. El lunes también es el día de las etiquetas, de los buenos propósitos y de las cajas para ordenar cosas. El día de las elecciones juiciosas y las decisiones sensatas. Ya me han dicho que eso de que te gusten los lunes es típico de empollona de la clase, que solo los culturetas pueden alegrarse de que se termine el fin de semana. Puede que sí. Pero por encima de todo es algo relacionado con mi pasión por los comienzos. En los libros siempre he preferido los primeros capítulos. En las películas, los primeros quince minutos. En el teatro, el primer acto. Me gustan las situaciones iniciales. Cuando cada cual está en su sitio en un mundo equilibrado.

A última hora de la mañana, pongo a los alumnos a leer un texto. Luego les doy la palabra por turno. Apunto vocabulario en la pizarra, les indico los términos que necesitan para hablar (esa sensación de poder es embriagadora). En el fragmento que estudiamos hoy, uno de los personajes se llama como mi marido. Se me encoge el corazón cada vez que veo escrito su nombre o lo pronuncia algún alumno. Luego traducimos y comentamos un cruce de promesas entre ambos esposos. Mis alumnos están familiarizados con esa tradición anglosajona que se repite a menudo en series estadounidenses (y que suele interrumpir un antiguo amante en plena reconquista). Es la oportunidad de estudiar el uso del auxiliar gracias a la respuesta tantas veces anhelada del «I do»: «Sí, quiero».

Mientras los últimos alumnos salen del aula, abro las ventanas para disipar el olor que hay al final de la clase, una mezcla de sudor y de rotulador para pizarra. La mezcla también de los perfumes demasiado dulces (para las chicas) o demasiado almizclados (para los chicos). A las hormonas adolescentes les chiflan esos efluvios superconcentrados que venden en los grandes almacenes. Puede que esa sea la clase de perfume que debería comprarme. Llevo meses usando el de un fabricante pequeño y confidencial con la esperanza de que fuera tórrido pero que en mi piel resulta desesperadamente soso. ¿Cómo saber cuáles son los perfumes de moda cuando tienes dieciséis años? Podría inventarme un ejercicio sobre el tema de los olores y pedir a los alumnos que describan su perfume: sería tan instructivo para mí (dándome ideas para un nuevo perfume) como para ellos (enriqueciendo su vocabulario olfativo).

Rosa ha venido mientras yo estaba en el instituto. Me las ingenio para no cruzarme con ella porque nunca sé qué decirle; no llevo suficiente tiempo teniendo la soltura de la gente rica como para saber dirigirme a la asistenta: ver cómo me limpia la casa siempre me ha parecido algo fuera de lugar.

Flota un suave olor a limpio, el de las esponjosas toallas que huelen mucho a detergente en el cuarto de baño y el de las sábanas limpias de hilo que han suavizado el tiempo en las camas. Ya no hay ninguna huella de dedos en el espejo grande del vestíbulo. Las baldosas de terracota de la cocina están relucientes.

Las esculturas de la chimenea, la manta de lana en el sofá, las velas en la balda, los libros en las estanterías, las revistas de arte apiladas en la mesa baja, las fotos enmarcadas colgadas en la escalera: todo está en su sitio. Incluso las flores del mercado presiden el comedor con mayor aplomo desde el centro de la mesa. Estoy segura de que Rosa ha movido algunos tallos y arrancado unas cuantas hojas para que el ramo luzca más.

Ayer por la tarde mi marido fue a la compra. La abundancia que reina en nuestra cocina me emociona: un *brioche* y mermelada en la encimera, nuestro frutero lleno de albaricoques y melocotones. Sé que es una bobada, pero cuanto más se encarga mi marido de las compras importantes, más noto que me quiere. Es como si invirtiera en nuestro matrimonio. Igual que un tendero que pesa una a una las bolsitas de papel, puedo cuantificar su amor todos los domingos cuando vuelve de la compra gracias al importe del tique abandonado en el fondo de la bolsa. En la nevera: verduras y carne, olivada de la tienda de aceitunas, una ensalada de pomelo y cangrejo de la sección de platos preparados y queso en abundancia. Esta cocina atiborrada me acelera el corazón.

Las dos y media. Es un poco pronto para recoger el correo, pero aun así tampoco me arriesgo mucho por ir. Saco la llave, que tengo escondida en el doble fondo del joyero, recorro el sendero, abro el buzón con el miedo en el cuerpo y me encuentro, aliviada, tres cartas que no tienen nada de alarmante o de inusual (ninguna manuscrita, ningún sobre sin franquear). Al alzar la vista, me doy cuenta de que un vecino me está observando unos metros más allá. Presa del pánico, lo saludo antes de meterme en casa a toda prisa.

Necesito unos pocos minutos para recuperar la calma. Sé que en esos comentos aumentan las posibilidades de que cometa un error. Así que me sereno. Vuelvo a meter la llave en el doble fondo del joyero, junto a una sortija que sigue brillando aunque se haya oxidado un poco con el tiempo. Tiene casi veinte años, pero la conservo por nostalgia, pese a que soy consciente del riesgo que corro: ¿y si mi marido se la encuentra algún día? ¿Cómo iba a poder explicarle que poseo un solitario casi idéntico al que me regaló el día que me pidió en matrimonio?

No obstante, mi vida antes de él no es cosa suya. No tengo por qué contárselo todo: las parejas que duran son aquellas cuyo misterio no ha transcendido. Por ejemplo, a los pocos meses de conocernos, corté con él. Dos semanas de asueto en las que volví a caer en los brazos de un antiguo novio, Adrien. Cogimos un tren y fuimos a ver el mar. Hasta que una mañana le dejé una nota encima de la almohada y me marché de vuelta con el que iba a convertirse en mi marido. Que no tiene por qué saber lo que sucedió durante esos quince días de titubeo.

Como todos los lunes, mi marido está en la piscina después del trabajo. Y como todos los lunes, hago la cena con más nervios que las demás noches. Estoy intranquila, me falta paciencia con los niños, me corto al preparar el primer plato, se me pasa la carne.

Cuando mi marido no está, la casa suena como un piano con la sordina puesta: el sonido sale amortiguado, la vida familiar pierde variaciones e intensidad. Es como si alguien nos hubiese colocado una tapadera gigantesca encima del tejado.

Enciendo la luz del porche, luego las de la cocina y el salón. Desde la calle, nuestra casa parece una tienda de recuerdos que resplandece en la oscuridad. Es el acogedor espectáculo que mi marido tiene que ver al volver.

Después de acostar a los niños, miro un rato la televisión, pero solo veo mujeres que están esperando como yo. Tomándose un yogur, conduciendo un coche o poniéndose perfume, pero lo que me llama la atención es lo que sucede fuera de plano: todas son mujeres que están esperando a un hombre. Están sonrientes, parecen activas y atareadas, pero en realidad están andando en círculos. Me pregunto si soy la única que se ha fijado en esa sala de espera universal.

Es la hora. Mi marido está al caer. Repaso las estanterías buscando una novela para guardar las formas. No quiero que me encuentre esperándolo delante de una pantalla. Marguerite Duras será perfecta para esta noche.

Leí *El amante* por primera vez a los quince años y medio. Solo conservo de aquello unas cuantas imágenes: la humedad, el sudor, los fluidos, las persianas, el Mekong, una chica de mi edad con quien no me identificaba en absoluto (demasiado indiferente y negativa). Y, además, tanto a los quince como a los cuarenta, el sexo sin sentimientos nunca me ha atraído mucho. En cambio, hay una frase que no se me ha olvidado nunca y termina así: «Nunca he hecho nada más que esperar delante de la puerta cerrada». Me daba la extraña sensación de haberla leído ya en alguna parte. Primero la subrayé a lápiz (nunca había escrito en la página de un libro, fue un acto que me pareció gravísimo). Luego, como me seguía pareciendo poco, la copié en una libreta. A los dieciocho me planteé tatuármela en un omóplato.

Al cabo de unos años, supe que esa frase no pertenecía a mi pasado, sino a mi futuro. No era una reminiscencia, sino un programa: «Nunca he hecho nada más que esperar delante de la puerta cerrada».

Sentada con las piernas encogidas al desgaire, el libro abierto al azar, aunque incapaz de leer una línea, y una taza de té ardiendo al alcance de la mano, espero a mi marido. La luz del salón es demasiado agresiva, enciendo una lámpara y dos velas, y vuelvo enseguida a mi puesto. Desde este sitio del sofá, la puerta se refleja en el espejo grande del vestíbulo. Acecho el momento en el que el picaporte baje por fin.

Te acostumbras a esa visión, un marido que vuelve del trabajo. Vives tantas veces esta escena que ya ni la ves. Le prestas atención a otra cosa: la hora de regreso cada vez más tardía, a medida que lo ascienden, un guiso que no quieres que salga mal, los niños a quienes hay que arropar. Te acostumbras, dejas de fijarte. Yo sigo preparándome para ello todas las noches.

Las nueve y veinte. Me tomo el pulso en la muñeca doblada. Ritmo cardiaco acelerado. Tensión arterial disparada, estado de alerta. Una ojeada al espejo: tengo las pupilas dilatadas. Casi podría sentir cómo se me expande la adrenalina por la amígdala; casi podría sentir cómo me late esa almendrita en el cerebro, cómo late y difunde su química del estrés. Respiro hondo varias veces para frenar artificialmente los latidos del corazón.

Las nueve y media. Mi marido llega puntual. Los faros del coche, que iluminan la casa a trozos, anuncian su llegada. Se oye el chasquido de la portezuela en la calle (es la primera señal cierta del regreso). El buzón se abre y se cierra con un ruido metálico (segunda señal). Por fin, el ruido de la llave en la cerradura (última señal, el tercer golpe en las tablas del escenario antes de que se alce el telón). Tres, dos, uno. Mis conversaciones internas se detienen. Solo siguen, incontrolables, los latidos del corazón. La puerta de casa se abre. La velada puede empezar.

Martes

Hace quince años, cuando me fijé en que el hombre con quien acababa de pasar la noche dormía, igual que yo, con la muñeca doblada junto a la cara, me pregunté cómo interpretar esa coincidencia. ¿Era la manifestación de un rasgo de personalidad que compartíamos? Las personas que duermen con la muñeca en ángulo recto, ¿se reconocen entre sí? Se dice que quienes duermen bocarriba son sociables, bocabajo, que tienen una frustración sexual y de lado, que son confiados. Pero no se dice nada de quienes duermen con la muñeca recogida: ¿también tienen algún rasgo en común? Quince años después de aquella primera noche, me sigo preguntando sobre ese aspecto que compartimos mi marido y yo cuando estamos dormidos.

Es todavía temprano cuando un rayo de sol se le posa en el nacimiento de la axila. Diríase un cuadro con un claroscuro perfectamente controlado. Caravaggio no habría encontrado mejor modelo que mi marido, con las largas pestañas negras descansando en la parte superior de la mejilla y el mador en el pliegue del cuello. Más que cualquier otra cosa, el calor de su cuerpo al alba me ha trastornado siempre (¿a cuánto puede subir la temperatura ambiente bajo un edredón de plumas? El microclima de nuestra cama parece rozar a veces los 50 grados centígrados, pero ¿es físicamente posible?). Y además está su sonrisa. De noche, mi marido parece a punto de romper a reír, como si le estuviesen contando una anécdota que le hace mucha gracia entre un sueño y otro. Esa característica no creo que la compartamos, pero no deja de ser una buena noticia. Un hombre desdichado no sonríe cuando duerme.

Acerco la mano, pero interrumpo el movimiento antes de pasarle los dedos por el pelo. En la almohada, un delgado rastro de caspa semejante a la caída de las primeras nieves. A menudo me enternezco ante esos copos que me encuentro en nuestra cama o en el cuello de una camisa. ¿Soy rara porque me conmueva así la caspa de mi marido? Pero me imagino que el amor se nutre de los rastros que se quedan en una prenda de ropa o en una sábana y que es algo que conmueve a todas las enamoradas.

Mi marido sigue durmiendo hasta que suena el despertador, aunque hace ya un rato que abrí las contraventanas del cuarto. Y eso que hace años que proclama alto y claro que solo puede dormir completamente a oscuras. Yo siempre he preferido dormir con las contraventanas abiertas. Las horas oscuras me desorientan más que relajarme. Pero lo que yo prefiero no cuenta mucho frente a la necesidad de estar a oscuras de mi marido. Así que cuando empecé a compartir su cama esa concesión resultó de lo más natural. Tampoco es para tanto. Pero esta mañana no me queda más remedio que constatar que mi marido me miente: salta a la vista que no tiene problema alguno para dormir con luz.

Mientras se espabila poco a poco, mi marido se me arrima, pero me doy la vuelta a tiempo para zafarme de sus brazos. Es la norma, no debo ceder. Ayer se durmió sin darme las buenas noches, no hay razón alguna para que disfrute de mis caricias al despertar. Nada de bajar la guardia. Y mucho menos un martes.

El martes es un día belicoso. No se requieren explicaciones complejas: su color es el negro y su etimología latina nos informa de que es el día de Marte, dios de la guerra. La toma de la Bastilla cayó en martes. El 11 de septiembre de 2001, también. El martes es siempre un día peligroso, lo que me preocupa tanto más cuanto que esta noche tenemos una cena a la que no me apetece nada ir y que todo el mundo sabe que las reuniones sociales rara vez son encuentros pacíficos.

Esta mañana, mi marido es el último que ha usado la ducha, reconozco en el acto esa tibieza. A mí me gustan las duchas más calientes que a él, pero me agrada lavarme con esa agua que no he escogido, en un mundo con unos cuantos grados menos que el mío.

Mientras me estoy envolviendo en la toalla, una corriente de aire me provoca un escalofrío. Me pongo aceite en el pelo, crema en las piernas, algo de perfume en el huequito del cuello. Pero, al contacto con la piel, los efluvios hipnotizantes se convierten en una fragancia etérea y floral. Compré este perfume después de haberlo olido en otra mujer durante una fiesta. Incluso a través del olor de los cigarrillos y del vino me recordó inmediatamente a un poderoso filtro de amor, una fragancia hechicera y tremendamente sensual. Me colé en el cuarto de baño del anfitrión para descubrir el nombre de ese peligroso veneno y le hice una foto al frasco facetado que no conocía (un taller de perfumería pequeñito y prohibitivo). Por desgracia, desde las primeras pulverizaciones surgió la terrible verdad: ese perfume ya no tiene nada de atrevido cuando lo llevo yo. Nunca he conseguido librarme de mi reconfortante olor a limpio. Mi marido lleva años llamándome «ángel mío» cuando yo sueño con ser una mujer fatal.

Un olor a café y a cacao sube de la planta baja. En la cocina, mi marido se está haciendo un zumo de naranja. Por la radio se oye a los cronistas que desfilan por el estudio. Me tomo el primer café mientras repasan la prensa: voy bien de tiempo.

Los niños se reúnen con nosotros en la mesa del desayuno. Mi hijo y mi hija siempre aparecen al mismo tiempo. ¿Se ponen de acuerdo antes de bajar? También los veo sistemáticamente desaparecer en pareja cuando acaban de comer y se van a hacer los deberes o a jugar. Se llevan dos años (tienen siete y nueve), pero parecen gemelos: lo hacen todo juntos. Nuestros amigos y allegados nos envidian:

—*Menuda suerte tenéis* de que vuestros hijos se lleven tan bien, los míos casi ni se hablan.

En realidad, nuestros hijos hacen algo más que llevarse bien, los dos son uña y carne (¿será una forma de ser que les he transmitido sin pretenderlo?).

Como todas las mañanas, mi marido se hace dos tostadas y les pone mermelada de fresa. Es lo único que come. Les pone pegas a las mermeladas de higo, de mora y de cereza, no se salva ni la mezcla de frutos rojos. Ese monoteísmo siempre me ha asombrado, porque a mi marido no le gustan las fresas, le parecen demasiado ácidas. Solo disfruta de esa frutita colorida y jugosa si está triturada, hecha papilla y con una tonelada de azúcar.

Cada cual tiene sus obsesiones. La mía es el móvil, del que no consigo separarme. Me he prometido cien veces que voy a dejarlo, que no volveré a ponerlo encima de la mesa durante las comidas, sé que no es sano, pero no puedo remediarlo. Menos mal que de momento mi marido nunca se ha fijado.

Me desea que pase un buen día y me roza con los labios antes de irse. Pero en este mundo que es el mío, eso apenas es un beso.

Desde mi despacho, observo las idas y venidas. En nuestro extrarradio residencial, los coches se van y vuelven con la regularidad de las mareas: una oleada de salidas a las ocho, una oleada en sentido inverso a las ocho y media de la tarde (igual que a orillas del mar, hay que calcular doce horas y veinticinco minutos para un ciclo completo). Soy una de las pocas que van a destiempo, con la jornada reducida en el instituto y las traducciones que me tienen trabajando en casa.

Vivimos a media hora del centro: casas de la década de 1930, jardines bien cuidados protegidos de las miradas, árboles frutales y columpios que se suponen detrás de las inmensas portaladas. Durante mi infancia, fue otro de los sueños inaccesibles que rozaba con el dedo los miércoles cuando salía de mi bloque colmena para ir a jugar al chalé de alguna amiga.

Ahora vivo en la casa más bonita del barrio. Con total objetividad, es la que tiene la fachada con más encanto y cuyos árboles dan más fruta (he leído en una revista de decoración que son los árboles los que le otorgan carácter a un sitio). Me gustan sus piedras moleñas, sus contraventanas verdes de la suerte, su buzón, su sendero florido, el rosal trepador que enmarca el umbral (he leído en esa misma revista que sus flores blancas se bastan ellas solas para perfumar todo un jardín).

Dentro, me gusta el parqué que cruje, la escalera que chirría, la primera planta con nuestro dormitorio y el cuarto de baño, luego la segunda, con los dormitorios de los niños y mi despacho: la distribución ideal.

Pero innegablemente, mi habitación favorita es el vestíbulo. Cada noche se representa allí la gran ceremonia del regreso del trabajo: mi marido abre la puerta, deja las llaves y el correo (insiste siempre en recogerlo él), me alarga la barra de pan y me besa en la frente o en la mejilla (pocas veces en los labios). Para esa escena tan importante necesitábamos un decorado muy bonito. Por eso me esmeré tanto en diseñar ese espacio: un espejo tallado que costó una fortuna, una hermosa pieza de cerámica para las llaves y las fotos familiares enmarcadas y colgadas en columna. Es la primera habitación que se encuentra mi marido al llegar, es normal concederle un cuidado particular. De lo contrario, si algún día mi marido deja de querer volver a casa, solo me podré culpar a mí misma.

El vestíbulo da paso a las demás habitaciones de la planta baja: un salón estrecho y una cocina diminuta pero que da al jardín. No soy partidaria de los espacios demasiado abiertos, que me agobian; me encuentro más a gusto en esos espacios irregulares para los que he encargado muebles a medida. He conservado intactas las chimeneas *art déco* de mármol y las molduras del techo de guirnaldas complicadas. Las miro a menudo cuando estoy echada en el sofá pensando que quizá sean obra de alguien de mi familia: mi bisabuelo y mi abuelo eran pintores de brocha gorda y hacen unos años me enteré de que se habían especializado en hacer molduras de yeso.

Nos mudamos a esta casa unos meses antes de que empezase a trabajar de traductora. Un compañero del instituto me propuso que lo sustituyera para traducir un texto que le habían encargado y que no iba a poder acabar a tiempo: un libro divulgativo sobre la revolución copernicana. No era mi especialidad, no estaba muy al tanto de ese período histórico, pero acepté. Desde entonces, el mismo editor suele encargarme traducciones: relatos cortos, una antología de poemas, una novela policiaca que ha tenido cierta repercusión, libros sobre la historia de las ciencias.

Ahora mismo, estoy empezando la primera novela de una joven y exitosa autora irlandesa. No es una traducción especialmente difícil, pero debo reconocer que no acabo de atinar con el título: *Waiting for the day to come…* ¿«Esperando a que llegue el día»? ¿«A la espera del día venidero»? Este título se me resiste. No consigo reproducir su poesía ni transcribir el significado concreto. La protagonista no está esperando solamente la llegada de una nueva época, de un cambio en las mentalidades. En realidad, está esperando también a que se haga de día. Tiene que cruzar la noche y aguantar hasta el amanecer. Solo los primeros rayos del sol le garantizarán la salvación. Además, hay una impaciencia que no consigo reproducir, una inminencia incluso. Al leer el libro, queda claro que está a punto de hacerse de día. *Waiting for the day to come…* Y, además, ¿qué hacer con esos puntos suspensivos?

El resto de la novela no presenta mayor dificultad. He procedido como de costumbre. He empezado por familiarizarme con el esquema mental de la autora. He descubierto sus expresiones preferidas, el modo en el que le gusta empezar las frases, las repeticiones que no consigue controlar, los giros a los que tiene apego. Me he metido en su cabeza, me he adueñado de sus razonamientos hasta dejar al descubierto su mecanismo conjunto. Después de varios meses de trabajo, por fin puedo decir que he adoptado sus ademanes y su voz.

Es en esta etapa cuando puedo paladear todas las sutilezas de esta lengua poco técnica pero muy emotiva. El inglés es simplista: no requiere memorizar declinaciones ni concordar los adjetivos. Sin embargo, es una lengua accidentada, irregular y cambiante: una gramática rudimentaria, pero expresiones llamativas para el oído y un acento que resulta imposible imitar. Aunque elimines las faltas sintácticas, enriquezcas tu vocabulario y adoptes los tics lingüísticos, el inglés irá siempre un paso por delante. A veces me pregunto por qué no escogí un idioma lógico y previsible como el alemán, con el inglés tengo que renunciar a controlarlo todo, cosa que a veces me irrita y también me frustra a menudo; pero que también podría explicar por qué no me he cansado nunca de él.

Ya me han preguntado si al trabajar de traductora no me habían entrado ganas de escribir yo también. La respuesta siempre ha sido la misma: no me siento autora. Cuando traduzco no soy más que una intérprete y con eso me basta y me sobra. No tengo que inventarme nada, lo que resulta muy oportuno porque no tengo mucha imaginación. Prefiero observar, analizar, deducir; desmenuzar un texto, desvelar los sobreentendidos, descubrir el tono implícito: estar ojo avizor como una investigadora en busca de indicios ocultos. Además, me acuerdo a menudo de Marguerite Duras: «Nunca he escrito, creyendo hacerlo». La continuación de mi cita preferida contenía desde siempre esta advertencia: ojo, no pienses que escribes, traduces.

El olor del césped que ha empapado el chaparrón sube hasta mis ventanas. Me gustaría que nunca dejase de llover. Mi marido está en la oficina, los niños en el colegio, puedo seguir trabajando sin que nadie me moleste. Cuando mi marido está en casa pierdo cualquier capacidad de concentración. Me sobresalta el más mínimo ruido en la escalera. En cuanto oigo que se acerca me quito las gafas y apago el ordenador. Preferiría que me encontrase siempre inmersa en un grueso manual de lingüística o absorta con la traducción de un oscuro poema de Byron en lugar de rellenando los boletines de notas de mis alumnos en la aplicación del instituto. Por precaución también tengo siempre al lado una pluma estilográfica por si mi marido entra en la habitación donde trabajo: le encanta verme escribir a mano.

Mi marido ha admirado siempre la rigurosidad con la que anoto en libretitas temáticas las palabras que preciso para mis traducciones. Tengo unas diez. La libreta roja para las palabras relacionadas con la política y los debates sociales, o la azul para la naturaleza (la más nutrida, contiene sobre todo los nombres de las plantas trepadoras de los jardines ingleses y las diferentes especies de robles). Están colocadas todas juntas en la balda de encima de mi escritorio, pero hoy me fijo en que una ha desaparecido. Busco por todas partes la libreta amarilla donde tengo el vocabulario relacionado con la medicina y la historia de las ciencias, en vano.

Para las traducciones recurro también a una libreta dedicada al vocabulario amoroso, con las palabras que nombran el encuentro, la pareja, la separación y todas las variaciones del sentimiento. Algunas expresiones recurrentes perfilan la imaginería amorosa de la lengua inglesa; e, implícitamente, de esta novelista irlandesa (resulta difícil comprobarlo, pero me la imagino destrozada por haber perdido a su primer amor por negligencia, un error cuyas consecuencias cree que tiene que pasarse expiando toda la vida). Por ejemplo, en el libro el *let you go* es una constante.

Let you go en boca de todos los personajes y con variantes para cada situación: *I shouldn't have let you go, I will never let you go, don't let me go*, etc. La expresión se utiliza a menudo en tono de arrepentimiento: «me arrepiento de haber dejado que te fueras», «tendría que haberte retenido». Pensamos que si alguien nos deja es culpa nuestra, que podríamos haber impedido la ruptura. El *let you go* es grato, hay en él incluso algo reconfortante. Es una ficción en la que me gustaría creer a mí también. Enfrascada en la traducción, me pregunto si esa expresión difícil de traducir al francés da fe del hecho de que los anglófonos aman de una forma diferente a la nuestra. ¿Se esfuerzan más? ¿Son capaces de hacer que el amor dure? ¿De reanimar un deseo que se extingue? ¿Cómo se las apañan? ¿Con qué canción amorosa, con qué atuendo nuevo, con qué perfume irresistible, con qué vacaciones en las antípodas consiguen retener a quien se dispone a marcharse?

¿El *let you go* afectará algún día a mi matrimonio? ¿Cómo precavernos contra esa enfermedad inglesa? Incluso estando concentrada en la traducción, no me sorprende estar pensando en mi marido a cada frase. Todos los libros que leo hablan de él. En mi primera traducción sobre la revolución copernicana (qué escándalo: no somos el centro del mundo, la Tierra gira alrededor del Sol, desterrada a un universo infinito) no paraba de comparar este descubrimiento científico con mi vida sentimental. Me repetía, trastornada, que si tuviera que vivir sin mi marido tendría exactamente la misma sensación de colapso de los puntos de referencia intelectuales y de todos los logros que consideraba adquiridos. De modo que, por más que escogiera relatos ambientados en épocas lejanas o en galaxias remotas, siempre me devolvería a él una descripción, una escena de amor, una palabra. No costaría nada que una obra sobre jardinería o sobre el antiguo Egipto me recordase a mi marido.

Cojo la novela más gruesa que tenemos en la biblioteca. De entre sus páginas saco una carta que dejo encima del escritorio. El sobre está sin abrir, lo compruebo todos los martes. Estos últimos meses la he estado escondiendo en el cajón de la cómoda, en una caja de zapatos, en la cesta de mimbre que tengo debajo de la mesilla de noche; pero mi marido no la ha encontrado nunca. Deja de llover. También la lluvia me abandona. Me hago un té y me acomodo en el sofá del salón; en ese sitio y a esa hora del día hay una luz ideal para leer. Abro *El amante,* que he dejado deliberadamente a la vista encima de la mesa baja. ¿Se fijará mi marido esta vez? ¿Reparará en los indicios que voy dejando por donde pasa? Mientras que anoche era incapaz de leer ni una línea, esta vez dejo que me cautive esta novela que me hace más llevadera la media tarde y aspira sin esfuerzo las horas siguientes.

Le refresco a Zoé las instrucciones que ya se sabe. No es la primera vez que se queda a cargo de los niños: nada de pantallas, nada de caprichos, media hora de lectura obligatoria antes de acostarse. Como de costumbre, habremos vuelto antes de las doce y media (tener a una canguro esperando en casa me vale a menudo de excusa para abreviar una cena en la que no me apetece nada quedarme, como ocurrirá probablemente esta noche). Aunque ya es hora de irnos, no puedo por menos de preguntarle:

—Zoé, dígame la verdad. Esta lámpara queda fatal, ¿verdad?

Zoé me mira sin decir nada. No sé si le da miedo molestarme o si carece de opinión (yo misma he tardado años en desarrollar un gusto firme en cuestiones de mobiliario). Muevo la lámpara alrededor del sofá, luego intento orientarla de diferentes formas, preguntándole a Zoé cada vez si así se integra mejor en la habitación.

La lámpara es moderna y bonita, pero el problema es lo intensa que es su luz. Alumbra tanto como el proyector de un plató cinematográfico. Está claro que no voy a poder sacarle partido; es imposible crear un ambiente íntimo y matizado con semejante iluminación. Acabo ofreciéndosela a Zoé de regalo. Me contesta evasivamente que la lámpara le gusta, pero que nunca conseguirá que quepa en la buhardilla donde vive.

¿Cómo librarme de ella? Enfrascada en mis reflexiones, me doy cuenta de que he salido de casa sin darles un beso a mis hijos. Les he dicho unas palabras en la escalera antes de cerrar la puerta, les he pedido que se porten bien y que hagan caso a Zoé, pero se me ha olvidado abrazarlos. Me repito, para convencerme, que no tiene importancia. No hay que dramatizar. Pero ¿qué hacen las otras madres? ¿También se les olvida a veces besar en la mejilla a sus hijos antes de salir de casa? ¿A partir de qué edad dejamos de despedirnos de ellos con demostraciones de cariño? Mis hijos tienen siete y nueve años. ¿Significa eso que ya pueden prescindir de mis abrazos? Me pregunto si Zoé pensará que soy una mala madre.

Mis amigas me preguntan a menudo a qué peluquería voy, pero tengo empeño en mantenerla en secreto. La encontré por casualidad en una época en que cambiaba de peluquero cada vez que me cortaba el pelo. En aquella época también había adquirido la mala costumbre de simular un personaje en lo que tardaban en teñirme el pelo o pintarme las uñas para así evadirme de la vida cotidiana una vez al mes, sin consecuencias y sin gastos adicionales. En aquella ocasión había dicho que me llamaba Grace. Había escogido a mi rubia hitchcockiana favorita, Grace Kelly: gélida pero sensual, sofisticada pero indómita. Mi elección no era del todo fruto del azar, ya que pocos años antes había dedicado mi proyecto de fin de curso a ese color de pelo y su papel en las películas del famoso director. Así pues, aquel invierno entré en la peluquería con la firme intención de convertirme en Grace durante unas horas. Algo pueril pero divertido. Conté que acababa de casarme tras un divorcio relámpago. Una nueva boda pasional con mi amor de la adolescencia, un fotógrafo estadounidense del que no había sabido nada durante años y cuyo rastro había encontrado por casualidad en una galería, durante la fiesta inaugural de una exposición. Uno de los retratos colgados me atrajo como un imán y al acercarme descubrí su nombre en la cartela. En lo que tardé en darme cuenta de que se trataba de mi antiguo amante, ya lo tenía detrás. Aunque no me enorgullezco de esa mentira, tampoco tenía la intención de volver en ninguna otra ocasión a esa peluquería. Pero resulta que me pusieron el tono más bonito que he llevado nunca. En las semanas siguientes me llovieron los elogios por ese rubio frío a la par que sensual y, aunque sigo negando que no sea mi color natural, he tenido que admitir en mi entorno que puede que me haga unos reflejos de vez en cuando. He probado otras peluquerías sin conseguir nunca ese mismo tono. Quizá fuera Grace, y solo ella, quien le inspiró ese rubio de mujer fatal y gélida a mi peluquera (y eso que no sabía mucho de las películas de Hitchcock, se lo pregunté). Así que no me quedó más remedio que volver. Desde entonces, me convierto en Grace una vez al mes para mantener mi color rubio y tener siempre unas uñas impecables. Cuento las escapadas románticas con mi segundo marido, sus últimas exposiciones en Nueva York. Y también lo triste que me siento a veces por no haber podido tener hijos.

Hoy pido un tono algo más cálido que de costumbre: quiero aclararlo con vistas al verano. Pero mucho cuidado con que el cambio no sea demasiado brusco. No quiero que mi marido se dé cuenta y los tonos rubios que no parecen naturales enseguida resultan vulgares. Y que tampoco me toquen el largo (nunca me corto más de lo necesario) porque mi marido me prefiere con el pelo largo. Aborrece las medias tintas tanto en la vida como en mi pelo. Compro varios productos capilares prohibitivos que esconderé en la parte de arriba de nuestro vestidor con mis demás espráis aclarantes de camomila. Por último, elijo un rosa claro para las uñas (menos sofisticado que un rojo intenso, pero he visto a varias madres, en la puerta del colegio y en el club de tenis, con ese color).

Cuando termino en la peluquería, mi marido acaba de salir del trabajo, así que decidimos encontrarnos en casa del matrimonio con el que tenemos amistad. Nicolas y Louise son los felices padres de una niña de tres meses a la que vamos a ver por primera vez.

Me paro en una tienda del centro para buscar un regalo de nacimiento. Escojo un peluche en forma de ballena, muy suave y que también vale para guardar el pijama. De pequeña yo tenía uno que se le parecía donde metía mis tesoros. Y ¿qué mejor regalo que un escondite? Llevé también el libro que descubrí en una librería anglófona el fin de semana pasado, una colección de estampas para niños sobre el tema de la aventura: paisajes del mundo entero, montañas nevadas y mares infinitos, una canoa navegando por un torrente turbulento, un globo aerostático volando por encima de un desierto de arena. Perfecto para una niña.

Acabo en la floristería. Por supuesto, he investigado antes de ir. Tecleando en el buscador «¿Qué ramo regalar para un nacimiento?» me he enterado de que debía decantarme por las flores blancas; peonías o rosas, por ejemplo. Intenté saber cuáles eran más elegantes (sospechaba que las rosas eran un poco vulgares y las peonías más distinguidas), sin conseguir dar con una respuesta definitiva a mi pregunta.

Aborrezco pedir consejo en la floristería. Me niego a que se me note que no tengo ni idea, que no sé diferenciar una violeta de un pensamiento, que sería totalmente incapaz de reconocer un junquillo, un lirio o un jacinto si me lo pidiesen. Así que prefiero informarme antes. Se supone que las mujeres saben ese tipo de cosas. Louise nunca habría necesitado que la aconsejasen para elegir el ramo. Habría deambulado con una sonrisa en los labios, deteniéndose de vez en cuando para oler una flor, luego se habría vuelto hacia la dependienta y habría afirmado con voz clara:

—Tiene una tienda preciosa.

En cierto momento se pararía en seco, sorprendida y maravillada al tiempo:

—¡Ay, vuelve a tener madreselva, me encanta! ¡Este olor me recuerda mi infancia! ¡Me llevo unas cuantas ramas, y a lo mejor dos o tres rosas!

Yo no crecí en una casa donde los ramos de madreselva perfumaban el salón. Así que hablo lo menos posible. El truco está en no preguntar nada. Ni siquiera con qué frecuencia hay que cambiar el agua ni si hay que cortar la punta de los tallos ya en casa.

La manicura recién hecha, el pelo reluciente y el imponente solitario en el anular acaban por insuflarme los ánimos que necesito para dirigirme a la dependienta. Para darme importancia, insinúo incluso que tengo prisa (mentira), pido un ramo de peonías tras haber dudado con las azucenas. Me parecen muy bonitas, pero no sé qué significan: son blancas, sí, pero ¿y si son flores de pésame? Con unas peonías rosadas y blancas, según las indicaciones de la web que he consultado hace un rato, no corro ningún riesgo.

La florista prepara el ramo delante de mí comentando en voz alta.

—¡Ahora mismo, con la temporada de bodas, las peonías se llevan muchísimo! Quedan unos ramos tan bonitos… La verdad es que es una de mis flores favoritas —añade con expresión concentrada entre dos tijeretazos expertos.

Me pongo nerviosa.

—No son para una boda… Son para una amiga que acaba de ser madre… —farfullo, con lágrimas en los ojos—. Me he equivocado de flores. He debido de confundir las peonías con las margaritas.

La florista alza hacia mí unos ojazos verdes y me sonríe bondadosamente por primera vez.

—Las peonías son también un regalo de nacimiento muy bonito. ¡Son las flores de los acontecimientos felices, quedará perfecto para su amiga! No se preocupe.

Me apresuro a pagar, humillada. Cuando lo tengo en la mano, el ramo me parece de repente demasiado grande. Parece el de una novia joven con un vestido repollo. No tiene nada que ver con la elegancia de Louise. Los ramos demasiado ostentosos no resultan nada finos, ahora me doy cuenta, y dudo si tirar unas cuantas flores a la papelera para llegar con un ramo un poco más exquisito y algo menos *muchachas en flor*. Pero al doblar la esquina, mi marido ya me está esperando delante del edificio.

—¿Te has hecho algo en el pelo? —me pregunta besándome deprisa. (¿Cuándo se va a decidir a besarme en serio? Si no llega a dos segundos no es el beso de alguien enamorado). Esquivo la pregunta, pero él insiste: —Menudo vestido llevas. ¿Es nuevo? Estás maravillosa, ángel mío.

Incómoda, cambio de tema mientras busco el nombre de nuestros amigos en el portero automático.

Cuando llegamos, el piso está algo más desordenado que de costumbre. Vislumbramos a la niña, Violette, dormida en la cuna. Mi marido y yo nos hallamos frente a dos padres jóvenes tan agotados como radiantes.

Nicolas y Louise viven en un piso impresionante que nosotros nunca nos habríamos podido permitir. Mi marido le tiene mucha envidia a su amigo de la infancia, yo no. Prefiero nuestra casa. Prefiero nuestra vida. Nicolas tuvo muchas aventuras y parejas antes de conocer a Louise, se casó por primera vez el año pasado, gana un sueldazo de directivo financiero, viaja mucho y muy lejos, va a ver las obras de teatro de los directores de moda, cena en los restaurantes recién inaugurados y de los que nunca hemos oído hablar. En una palabra, Nicolas es libre, lo que se plasma en lo siguiente: vive en un dúplex moderno en pleno centro, mientras que mi marido vive en una casa de clase media de la periferia; y por eso mi marido siempre me va a guardar cierto resentimiento.

Louise me agradece las flores. Voy tras ella por el piso mientras busca un jarrón. El primero que encuentra es demasiado pequeño. Me disculpo. Louise se ríe y me vuelve a agradecer «este ramo tan bonito», pero creo notarle una pizca de ironía en la voz. Acaba por colocar las peonías en el aparador del salón. En medio del entorno moderno y minimalista, ese ramo tan grande de tonos pastel queda ridículo.

Louise lleva un vestido largo negro que le sienta de maravilla y no puedo por menos de comentarle que ese color y esa hechura la favorecen. Me arrepiento según lo estoy diciendo. Es un defecto que llevo años intentando corregir: sistemáticamente hago observaciones sobre un collar, un atuendo, un pintalabios o un perfume que me gustan (debería limitarme a indagar discretamente de dónde han salido y comprar los mismos más adelante). Siempre he sentido una admiración desorbitada por las mujeres de mi entorno y hacérselo notar me coloca insidiosamente en situación de inferioridad respecto a ellas. Tengo que aprender a no hacerlo. A hacerlo menos. Louise me da las gracias, pero no me devuelve el cumplido. En los ambientes burgueses la gente se hace pocos cumplidos.

Me tranquilizo pasando revista metódicamente a todos los motivos por los que no debo preocuparme: llevo las uñas impecables, el pelo perfecto y ropa elegante. Lo sé porque solo compro ropa que he visto llevar a mujeres con un estilo intachable o en tiendas de moda de absoluta confianza. El vestido nuevo que llevo esta noche no es una excepción: blanco y negro, de seda, engañosamente sencillo y engañosamente formal, de hechura perfecta; lo vi esta temporada en un cóctel. Para la ropa, prefiero no correr ningún riesgo y pago lo que sea sin pestañear. Cojo aire y me doy unos toquecitos suaves en la parte interior de la muñeca con dos dedos para recuperar la calma (una técnica que me ha enseñado una sofróloga para desacelerar el ritmo cardiaco) al tiempo que recito mentalmente estas frases que me serenan: «Los complejos no se me reflejan en la cara. La percepción que tengo de mí no coincide con lo que ven los demás. Todo va bien, estoy en mi lugar».

Y además tengo la belleza a mi favor. De eso nunca he podido dudar. Objetivamente, soy más guapa que Louise. Calibro sus defectos con una sola mirada: soy más alta y más delgada que ella, tengo los rasgos más finos. Cuando se mueve grácilmente por su espacioso piso inmaculado y el vestido flota cada vez que se mueve, sí, podrías pensar que Louise es guapa. Pero, si te acercas para mirarla más atentamente, no tardas en notar que no tiene un rostro tan armonioso (especialmente la nariz) y que le sobran unos cuantos kilos (ya le pasaba antes y el embarazo lo ha empeorado). Su aparente belleza no soportaría un atuendo menos sofisticado ni un piso en el extrarradio y con una decoración cuestionable. No, Louise en realidad no es guapa: paga por estarlo.

No es mi caso. Mis padres, por lo menos, tuvieron la cortesía de transmitirme un patrimonio genético aventajado a falta de poder legarme algo más. La gente elogia mi belleza desde pequeña. De adolescente, en los pasillos del centro comercial del barrio obrero donde vivía, la gente se volvía para mirarme cuando pasaba sin maquillaje, en vaqueros y con un par de deportivas viejas. Por lo visto, ya me parecía a Nicole Kidman; por lo que me han dicho muchas veces, es por algo que tengo en la mirada. Y por la frialdad también, supongo.

Gracias a mi marido, he pulido esa belleza. Salí de mi clase social para adoptar la silueta sofisticada con la que soñaba. Mantengo el cuerpo esculpido con el yoga y el tenis. He aprendido la elegancia (que en última instancia solo se basa en un sencillo trío: un abrigo, un bolso y unos zapatos prohibitivos. Una vez que dominas esa santísima trinidad, lo demás es fácil). Ahora sé que en la terraza de un café no debes dejar el bolso en el suelo, sino ponértelo en el regazo o en la silla que tengas al lado; llevo a limpiar la ropa delicada al tinte; renuevo el calzado todas las temporadas; he asimilado las normas de un maquillaje discreto pero elegante (ir siempre maquillada, pero sin que se note demasiado; adoptar un único pintalabios, de color carmín o burdeos). Pago para que me hagan las uñas. Voy a la peluquería todos los meses para que nunca se me noten las raíces. Compro cremas faciales que cuestan cientos de euros. ¿Otra revelación?: el peinado de las mujeres a quienes admiraba tanto no es cuestión de milagros, de genética ni de privilegios sociales, sino el resultado mecánico de un *brushing* cotidiano que solo requiere dos cosas: un secador profesional y el cepillo adecuado. Resumiendo: así es como me he convertido en una de esas mujeres que nunca tienen carreras en las medias y he aprendido a tener una apariencia a juego con la casa burguesa que compramos mi marido y yo.

—¡Por Violette!

Estamos brindando con champán cuando mi marido (con un tono que parece de complicidad) añade, dirigiéndose a Nicolas y Louise:

—¡Bienvenidos a la auténtica vida!

No sé cómo interpretar esa expresión. ¿Qué entiende mi marido por eso? ¿En qué se reconoce «la auténtica vida»? Hablamos de su nuevo estatus de padres primerizos y cuarentones, de pañales y de biberones. Con la copa en la mano, mi marido refiere la época en la que nuestro hijo aún no dormía de corrido toda la noche y se pasaba llorando las horas muertas, y nosotros, despiertos e impotentes. Tranquiliza a Nicolas, le repite que los niños crecen, que la falta de sueño, las lágrimas y los gritos no duran eternamente. ¿Eso es lo que quiere decir mi marido cuando anuncia solemnemente a sus amigos que están entrando en «la auténtica vida»? ¿Acaso para él es sinónimo de una vida sin fantasías y demasiado agobiante? ¿Acaso «la auténtica vida» significa para él aparcar los sueños y renunciar a la libertad?

¿Así que mi marido conserva un recuerdo ingrato de los meses posteriores al nacimiento de su hijo? Yo aún me emociono al pensar en mi marido meciéndolo con mil cuidados, con las manos inmensas en el cuerpo diminuto de la criatura, el alivio que sentíamos cuando por fin le llegaba el sueño, las risas nerviosas y cómplices a la mañana siguiente aunque entre los dos no hubiésemos dormido más que un puñado de horas. Esos recuerdos de mi marido y míos me son tanto más preciados cuanto que, por entonces, los tres vivíamos casi en autarquía. Afortunadamente no podíamos recibir visitas ni salir de casa porque nuestro hijo, al ser prematuro, tenía un sistema inmunitario frágil. Una auténtica bendición para nuestro matrimonio.

Antes de sentarnos a la mesa, Nicolas y Louise nos enseñan las primeras fotos de Violette cuidadosamente pegadas en un álbum, con una frase bonita y una fecha al pie de cada página para consolidar el recuerdo. Igual que Louise, yo también empecé a llenar un álbum cuando conocí a mi marido, con el lugar y el año escritos a pluma. Las fotos de mis viajes y de mis amigos anteriores a él no aparecen ahí. Mi marido establece el principio de mi vida digna de archivarse.

—¡De verdad que no entiendo que alguien pueda negarse a amamantar a su hijo! ¡No tiene ni pies ni cabeza! —suelta Louise antes de sentarse a la mesa.

Lo que más la caracteriza es la franqueza. Una brusquedad a la que ya estoy acostumbrada y que, aun así, me deja siempre sin habla. Louise dice cosas que en boca de cualquier otro podrían herir. Pero una profunda benevolencia convierte todas sus palabras en inofensivas. Su sonrisa quita hierro a sus palabras. Yo me negué a amamantar a mis hijos y Louise lo sabe, pese a lo cual considera que no tiene importancia ninguna y que no hay motivo para que me lo tome a mal: se limita a dar su opinión. Recuerdo el día en que Louise me dijo:

—¡Hay que ver lo poco que me gusta el verde! ¡Me recuerda a mi madre!

Y eso que yo llevaba un vestido de ese color, pero no le supuso el menor problema.

Louise se muestra caprichosa, ruidosa y franca; mientras que Nicolas sigue siendo elegante, moderado y atento (esta noche los dos están exactamente tal y como son). Nicolas es una de esas personas que se toman la molestia de asomarse al universo de los demás. Todas sus preguntas denotan interés y que a veces se acuerda de mí cuando no estoy presente. Quiere saber en qué punto está el trabajo con mi editor, qué tal me van las clases, si he leído la saga de ese novelista neoyorquino al que acaba de descubrir y si la traducción es buena.

Nicolas es tan reservado como Louise sociable. Louise es tan poco delicada y tan brusca como Nicolas considerado y solícito. Ella es fulgurante. Él la atempera. Juntos se completan como dos piezas de una maquinaria que encajan con precisión, un engranaje perfectamente engrasado en el que las diferencias actúan como complementos que le permiten moverse. Creo que eso es también lo que a veces se llama «tener química».

La mesa no tarda en estar empantanada de fuentes, pan y vino. La comida es excelente. Disfruto tanto más de la cena cuanto que odio recibir en casa. Nunca sé qué hacer, necesito semanas antes de decidirme. Menos mal que es mi marido quien se encarga de escoger el vino, que es algo que yo sería incapaz de hacer. Podría comprar la botella más cara de la bodega y aun así me arriesgaría a hacer el ridículo: no se saca un vino de varios cientos de euros para una barbacoa entre amigos. En mi vida, el mal gusto siempre ha sido un peligro constante, pues entendí enseguida que el dinero de mi marido no me serviría para comprar la elegancia ni los buenos modales.

Siempre tengo las manos a la vista (nunca en las rodillas). Paso las fuentes por la izquierda. Espero a que Louise me ofrezca más pescado antes de volver a servirme más. Dejo que Nicolas me llene la copa de vino. No repito queso. Concluye la cena, mis cubiertos están en paralelo en el plato, la servilleta encima de la mesa, he tenido buen cuidado de no doblarla. Esas normas las conozco, las aprendí concienzudamente, llevo quince años cumpliéndolas. Consigo incluso respetarlas aparentando naturalidad, como si me saliera solo.

Cuando conocí a la familia de mi marido, noté que había unos códigos que no dominaba, sin ser por ello capaz de identificarlos. Había presenciado una escena perturbadora. La hermana mayor de mi marido, madre de un niño de unos diez años, le estaba leyendo la cartilla sin que yo entendiese el motivo de la regañina. No lo capté hasta más tarde. Se trataba de una primera advertencia por haberse reído un poco más alto de lo debido, a la que siguió una amonestación por poner los codos encima de la mesa. Y luego vino aquella frase que cacé al vuelo:

—¡Como sigas así, te voy a comprar el manual de urbanidad de Nadine de Rothschild!

Pensé que era una forma de hablar, pero descubrí que ese libro existía de verdad. Lo compré a las pocas semanas y ante mí se abrió un universo paralelo. Un mundo en el que las fuentes giran siempre en el sentido de las agujas de un reloj.

Con el manual entre las manos, comprendí que la incomodidad que había sentido en la familia de mi marido tenía una base racional; no era una impresión mía ni falta de confianza en mí misma: había cometido efectivamente errores imperdonables. Me había descalzado al entrar (creía estar haciendo lo correcto, eso era lo que siempre me habían enseñado mis padres), cuando se sirvió el café tomé dos chocolatinas más (en esta ocasión, por gula). Hasta rebañé la salsa del plato cogiendo el pan con la mano y no con el tenedor (aunque, según supe más adelante, lo ideal es no hacerlo en absoluto). Así que en una libreta nueva tomé apuntes organizados por temas: cenas, regalos, posturas. Me prometí aprenderme todas y cada una de esas normas de memoria. Y Nadine de Rothschild me enseñó la educación que nunca me habían dado.

Durante la cena, Nicolas no deja de llamar a mi marido con un apodo que es el único en usar desde que eran pequeños. Me desconcierta esa identidad con la que me cuesta relacionarlo. Me desconcierto más aún cuando Nicolas me cuenta un detalle sobre mi marido que yo no sabía. Al pensar que Nicolas lo trató en una época en que yo aún no lo conocía me entra vértigo. En términos generales, que mi marido existiese antes de conocerme me parece irreal, e incluso indignante.

Cuando Louise y Nicolas empiezan a contarnos su viaje de novios, se me tensa todo el cuerpo. Es un tema que prefiero evitar. Louise va mostrando paisajes que me interesan bien poco (¿hay alguien a quien le guste mirar las fotos de vacaciones de los demás?) y que me traen un recuerdo penoso que preferiría olvidar.

Resulta que mi marido tuvo la genial idea de ponerse malo durante nuestro viaje de novios. «¿Cómo puede hacerme algo así?»: es la pregunta que no dejaba de hacerme en cuanto atisbaba su rostro macilento. Una gripe lo obligó a guardar cama siete días. Mi marido ni siquiera tuvo el detalle de cogerse una enfermedad tropical, una dolencia local con síntomas apabullantes, algo que hubiera podido convertirse en una anécdota graciosa o dramática que contar a la vuelta. Me pasé aquella semana deambulando sola por los pasillos del hotel, tomando cócteles en el bar y dejando que me tirase los tejos un hombre casado. Le dije a mi marido que me había metido en el grupo de senderismo del hotel para ir a explorar la isla con un guía. En realidad, no fui a ninguna de esas excursiones. ¿Qué interés podía tener una ruta de ocho horas alrededor de un volcán si mi marido no estaba conmigo para verlo? ¿Para qué caminar por la orilla de ese mar tan liso y tan azul si él no caminaba a mi lado? ¿Para qué iba a quedarme en esta isla demasiado lejana y demasiado cálida si salía sola en la foto?

Al lunes siguiente, mi marido se había repuesto por completo. Salimos a pasear todos los días y la isla me pareció una maravilla. Descubrí en ella los paisajes más hermosos que haya visto nunca. Pero aún hoy, en cuanto sale a relucir un viaje de novios, sigo guardándole un tremendo rencor a mi marido por haberme estropeado la mitad de ese momento mágico. Un viaje de bodas idílico quizá me hubiese dado la fuerza que necesitaba para hacer frente a los primeros meses de nuestro matrimonio.

Justo antes del postre, volvemos a hablar del cumpleaños de mi marido, que fue hace un mes (o sea, un tema de conversación supuestamente inofensivo). Los cuatro coincidimos en que la fiesta había sido un éxito. Luego, mi marido cuenta una anécdota que sucedió al final de la velada, cuando Nicolas y Louise ya se habían ido para estar con su bebé: un apagón, el local se sume en el silencio y la oscuridad, los invitados retoman lo que estaban cantando y la alarma suena por el corte eléctrico.

—Menos mal que con la luz de los móviles fue fácil encontrar el panel de la alarma… E incluso adivinar el código. Por lógica, debía de ser algo muy sencillo… ¡Y, efectivamente, era 1234!

Mi marido es muy buen narrador, de hecho ese es el ingrediente principal de su carisma: cuenta tan bien las historias que resulta fácil imaginar a los invitados bebidos sorprendiéndose con la alarma estridente, a mi marido yendo a buscar el panel, adivinando el código y gestionando la situación con sentido del humor y buen ánimo. Nicolas y Louise se divierten escuchándolo; yo no. Mi marido no ha pronunciado ni una vez mi nombre. Estoy ausente de su relato, borrada. Usa la forma impersonal y esa elección me molesta (he hecho suficientes comentarios de textos en la vida como para saber que no es algo intrascendente). El panel lo encontramos con la luz de *mi* móvil. Fui *yo* quien le sugirió que en un local de alquiler probablemente habrían escogido un código fácil de recordar. Fui *yo* quien tecleó «0000» y, luego, «1234». ¿Por qué no lo menciona?

Mi marido termina agradeciendo a Nicolas y Louise su contribución al regalo de cumpleaños. De hecho, esta noche lleva puesto el reloj nuevo. Pero no tiene ni una palabra para mí, que fui la que organizó la sorpresa, mandó las invitaciones, reservó el local, depositó la fianza, escogió el reloj y fregó las cincuenta copas de champán a las cuatro de la mañana.

Escucho a Nicolas y Louise; dicen «nosotros». Tienen una gramática inclusiva; si uno de los dos es el personaje principal de la anécdota, no por ello el otro queda nunca tachado de la historia, su punto de vista está integrado en el relato («¡cuando se lo conté a Louise al día siguiente, se quedó muy sorprendida!»). Observo también su forma de estar juntos. Basta mirarlos para imaginarse cómo se reparten las tareas por igual, se equilibran sus caracteres y sus defectos se complementan. Él tiene una voz sedante; ella, una risa espléndida. Mientras Nicolas quita la mesa, Louise nos sirve una última copa de vino. Entre los dos forman una coreografía impecable, un *ballet* amoroso sin tropiezos. Cuando Louise se reúne con Nicolas en la cocina, este se inclina hacia ella y la besa en los labios, poniéndole una mano en la cadera. Ser testigo de un beso sigue siendo para mí uno de los espectáculos más fascinantes del mundo.

Sería fácil esconder una cámara pequeña en su salón. Me bastaría con quedarme un momento sola mientras la pareja está en la cocina y mi marido se va a una de las habitaciones para llamar por teléfono. Podría instalar un dispositivo de vídeo diminuto encima del televisor, por ejemplo. Desde ahí, podría ver directamente el sofá.

Me gustaría poder observar sus gestos cuando ya se han ido los invitados. Querría ver cómo actúan cuando por fin están solos, olvidándose del pudor. Querría ver la faceta cotidiana de su amor: saber si parecen igual de enamorados cuando la niña ha llorado mucho, cuando predomina el cansancio, cuando se acumulan las preocupaciones o uno de los dos se pone malo.

¿Se dan besos de verdad o solo piquitos? ¿También ellos pasan veladas sin besarse con lengua? Cuando ven la televisión, ¿se pasan el rato tocándose o sus cuerpos están alejados? ¿Cuánto tiempo y de qué hablan por las noches? ¿Cruzan palabras de amor a diario, todas las semanas, todos los meses?

Observarlos me permitiría comparar su amor con el nuestro. Podría determinar si mi marido y yo nos besamos mucho o poco, calibrar el interés y el calado de nuestras conversaciones cotidianas en relación con las suyas. Pertrechada con esos datos, tanto cuantitativos como cualitativos, podría evaluar si nuestra vida de pareja es normal o gélida.

Pasamos la sobremesa acodados en las ventanas, entre el humo de los cigarrillos y el aroma del vino tinto. Decidimos prolongar la velada jugando a algo. En un momento de la partida hay que asociar a un jugador con una fruta para que luego su equipo lo adivine.

Entonces es cuando mi marido escoge para mí la clementina. Intento que no se me note lo mucho que me duele. ¿Está intentando picarme o hacerme reaccionar? Se lo pregunto en tono desenfadado, sin insistir. Me contesta que no sabría explicar por qué ha escogido esa fruta para mí, pero que me pega mucho. Y a renglón seguido se levanta para servirse más vino. ¿Es una coincidencia o está huyendo de la confrontación?

Conozco a mi marido. Conozco la sutileza con la que mira las cosas. Conozco lo perspicaces y atinadas que son sus asociaciones de ideas. Conozco la facilidad con la que consigue retratar a alguien con uno o dos comentarios. Tengo que rendirme a la evidencia: el hombre con quien llevo casada más de diez años piensa que soy una clementina.

Para Louise, mi marido elige la piña. Delante de mis narices asocia a la mujer de su mejor amigo con una fruta estival y exótica, acidulada y generosa. La relaciona con América Latina y da a entender, estoy convencida, que la pulpa jugosa de esa planta tropical no le resulta indiferente.

Así que mi marido considera que su mejor amigo está casado con una piña, mientras que él se ha casado con una clementina. Vive con una fruta de invierno, una fruta sosa y barata. Una frutita corriente que no tiene ni el dulzor de la naranja ni la originalidad del pomelo. Una fruta ordenada en gajos, práctica y fácil de comer, cortada de antemano, lista para el consumo y suministrada en su embalaje.

Aunque mi marido ha bebido más que yo, me niego a coger el volante para volver a casa. No estoy de humor para conducir, el incidente de la clementina me ha fastidiado más de la cuenta. Me gustaría pedirle explicaciones, pero aún estoy demasiado afectada para sacar el tema sin tapujos. Ni siquiera las luces blancas y negras de la ciudad a través del cristal consiguen amansarme. No digo esta boca es mía en todo el trayecto.

Nos encontramos con Zoé dormida en el sofá mientras la televisión proyecta sombras inquietantes sobre su cuerpo. Vive en la ciudad de al lado, mi marido se ofrece a llevarla en coche. Me niego.

—Te voy a pedir un taxi, Zoé —replico, tajante.

Mi marido no se va a librar tan fácilmente. Escabullirse so pretexto de acompañar a Zoé hasta su casa para así encontrarme dormida a la vuelta. Muy listo. Ni hablar de que vaya a ningún sitio. Se queda conmigo.

Mi marido saca unos billetes de la cartera para pagarle (cuando lo veo hacer eso siempre me conmuevo más de lo normal, pero esta noche no basta para sofocar mi enfado) y luego sube a acostarse. Antes de reunirme con él, me quedo unos minutos a solas para apuntar en la libreta los incidentes principales que han sucedido esta noche: el relato negativo de los primeros meses de nuestro hijo, la anécdota de su fiesta de cumpleaños, en la que no me menciona. Y, sobre todo, la clementina. Una línea escrita a pluma para dejar constancia de su traición con sabor amargo a fruta de supermercado.

Escribo con regularidad en esta libreta para darle un sentido a lo que vivo. No es un diario íntimo propiamente dicho. No redacto nada. Todo cabe en una línea o dos, y entonces se me revela, límpidamente, cómo remediar lo que me angustia o me enfada. Es una curiosa costumbre que nunca le he contado a nadie, pero escribir me sienta bien. Tengo otra libreta, que guardo en el mismo escondite, tumbada detrás de los libros de la biblioteca. Una libreta verde donde copio ideas y consejos que he leído en las revistas, donde tomo notas sobre los artículos que encuentro en internet.

Dejo la libreta en su sitio, detrás de una serie de gruesas enciclopedias. Sigo humillada y furiosa, pero al menos sé qué hacer. Escribir siempre me da la solución.

Cuando me reúno con mi marido en el dormitorio, abro la ventana como para agrandar la distancia que nos separa. Le pregunto si, por una vez, podríamos dejar las contraventanas abiertas. Se niega. La luz y el ruido de la calle le impiden dormir. Más que nada, no entiende ese súbito cuestionamiento de lo que lleva años instituido como algo obvio entre nosotros: dormimos con las contraventanas cerradas.

Le he ofrecido una oportunidad para enmendar lo de la clementina, para demostrar que es capaz de esforzarse, que no le importa tomar partido. No la ha aprovechado. Peor para él. Me contengo para no decirle que esta mañana he visto cómo seguía durmiendo mientras un rayo de sol se le posaba encima. Ojalá tuviera valor para darle un chasco: «Sé que no es verdad, cariño, dormías estupendamente con las cortinas descorridas; ahorrémonos una mentira tan absurda, es ridículo».

Sentada al borde de la cama, intento quedarme quieta cuando de repente dos lágrimas me rodean la cara para juntarse debajo de la barbilla. Trazan un camino transparente con forma de corazón desde los ojos, pasando por las mejillas.

Existen dos tipos de lágrimas que he conseguido distinguir con el paso de los años. Para empezar, están las lágrimas de frustración o de rabia. Son lágrimas bruscas, serias, de color rojo. No fluyen, brotan. Es fácil reconocerlas porque dejan a su paso caras embotadas y ojos hinchados. Son las lágrimas que acuden cuando, durante las vacaciones escolares, los niños se quedan en casa de los abuelos, preparo la cena, me arreglo y mi marido llama para decirme que volverá tarde del trabajo porque tiene que terminar un informe urgente. Cuelgo y lloro de rabia. Odio arreglarme para nada.

Y están, como esta noche, las lágrimas de tristeza. Tampoco fluyen, se desbordan. Al cabo de varios días de tristeza continuada y difusa, empiezan a correr por la cara en silencio, una tras otra. Son lágrimas heladas, escasas y que me imagino de un azul muy claro, casi transparente. Actúan como escudo: esas lágrimas protectoras dejan un vendaje húmedo en la mejilla. Basta luego con borrarlas con el dorso de la mano.

Apenas me he secado las dos lágrimas transparentes cuando oigo que la respiración de mi marido se ralentiza. ¿Cómo puede conciliar el sueño después de cómo me ha tratado esta noche? Le dedica a dormir una energía y una buena voluntad que sería un sueño ver que también se las dedicara a nuestro matrimonio.

Mientras mi marido se duerme con una facilidad indignante, veo como transcurre ante mis ojos todo nuestro matrimonio. En este momento tengo la íntima convicción de que se ha acabado. Nuestra pareja ya no alberga amor alguno. Después de quince años de convivencia, creo que merezco algo más que que me comparen con una vulgar clementina. Mi marido va a dejarme. Ya están aquí todas las imágenes de la película: los papeles del divorcio que firmo en la esquina de una mesa con los ojos enrojecidos por las lágrimas, el piso diminuto y oscuro con un solo dormitorio al que me mudo, la imposibilidad de volver a encontrar un hombre después de los cuarenta, las tardes cuidando yo sola de unos hijos que nunca quise tener.

Tengo que salir de la cama. Trémula, me bebo un vaso de agua en la cocina. Me quito el solitario y lo dejo en el vestíbulo, al lado del recipiente de cerámica donde duermen nuestras llaves entrelazadas. La sortija ostensiblemente colocada encima del mueble de madera con un claro objetivo: hacerlo reaccionar.

Cuando por fin encuentro una postura cómoda en la cama, empieza a picarme todo el cuerpo. Todas las noches igual. Cuando estoy a punto de quedarme dormida, me pica el cuerpo: la cabeza, los muslos, los codos, la nuca, el vientre. He consultado a varios médicos, a un dermatólogo, a un homeópata. He intentado tratar un problema de piel o de transpiración. Me he planteado si serían chinches. He mandado comprobar el índice de humedad en el dormitorio. He cambiado cien veces de detergente, pensando que sería alérgica a algún aroma o algún componente.

Me pica el cuerpo e intento pensar en otra cosa. Pero me obsesiona una pregunta: ¿por qué una clementina? Si por lo menos pudiese revivir la cena, volver a escuchar cómo había transcurrido la velada para entender por qué habíamos acabado así. Sé que estamos a martes, el día de los conflictos, pero la clementina sigue siendo una declaración de guerra de lo más vehemente.

Pasa el tiempo, pero no tengo la menor idea de qué hora es porque las contraventanas cerradas y las cortinas corridas me impiden vislumbrar la luz del día, que no tardará en despuntar. Aunque estoy agotada, no consigo dormirme. Mientras tanto, mi marido sigue disfrutando de un sueño egoísta. Ahora mismo lo odio. No me queda otra solución. Suelto un grito fingiendo una pesadilla. Se despierta sobresaltado. Mascullo con voz falsamente soñolienta que lo siento, un mal sueño, y me doy la vuelta hacia mi lado de la cama. Tengo la esperanza de que mi marido no consiga volver a dormirse y que el insomnio le ofrezca todo el tiempo necesario para reflexionar sobre su traición. Es importante que se haga preguntas: ¿cómo ha podido rebajar a su propia mujer al rango de una vulgar clementina? ¿Y por qué no un plátano?

Miércoles

Estoy de mal humor. El miércoles es un día naranja, como la clementina. Ya desde por la mañana, me andan provocando varios objetos de tonos anaranjados: la crema de día de mandarina, la correa del reloj, las zanahorias ralladas para la cena que están en la nevera.

Me he pasado la noche haciendo una lista y clasificando todas las frutas que se me han ocurrido y he llegado a la conclusión siguiente: me habría gustado ser un melocotón, una mora o una cereza. No me ha gustado nada ser una clementina, pero tampoco me habría agradado ser una pera, un plátano o un racimo de uvas.

—¡Cuando volvimos a casa anoche te dejaste olvidada la sortija, estaba abajo, al lado de las llaves! —fanfarronea mi marido alargándome el solitario (qué nombre tan apropiado: nunca me he sentido tan sola como desde que estoy casada).

Su ingenuidad me resulta insoportable. Mi marido está tan seguro de mi amor que ni siquiera mi sortija ostensiblemente colocada encima del mueble del vestíbulo le ha parecido una amenaza. Pero ¿en qué mundo vive?

Aunque el incidente de la clementina no hubiese ocurrido, nunca deberíamos haber aceptado la invitación de Nicolas y de Louise. Esta cena no venía a cuento. Cuando estoy con mi marido, no necesito ver a nuestros amigos. Tampoco me apetece ir a ver a mis padres ni echo de menos a mis hijos. Me basta con mi marido. En cambio, a él le gusta tener gente alrededor. Se anima al entrar en contacto con la calidez de un grupo. Le gusta salir y quedar con gente. Pero su sociabilidad me resulta dolorosa. Su atención se diluye con cada persona nueva que entra en nuestra vida, se diluye él, es una partición que me espanta. Me hiere la energía que despliega con terceras personas porque no para de sugerirme que yo no le basto.

Si cierro los ojos para representarme cómo sería mi mayor felicidad, se parece a una vida circunscrita al espacio de nuestra casa. Mi ideal sería un *tête-à-tête* perpetuo con mi marido: estamos los dos en el salón tomándonos un café bien cargado y nos pasamos horas charlando. A veces me imagino que estamos él y yo solos en la tierra. Me invento una epidemia fulminante, una guerra nuclear cuyos únicos supervivientes somos nosotros, una isla desierta en la que recalamos después de un accidente aéreo. Cuando pienso en mi propia felicidad, transcurre sistemáticamente en pareja: estamos solos y somos dos. No puedo remediar que mi paraíso sea la pareja, el dúo, el par.

Estoy lista para irme al instituto cuando mi marido me pide ayuda. No encuentra la cartera, va a llegar tarde al colegio para dejar a los niños, no entiende por qué no está en el mueble del vestíbulo cuando está convencido de haberla dejado allí, de hecho fue él quien pagó a Zoé anoche.

—¿Has mirado en los bolsillos del pantalón que llevabas ayer?

Tengo la sensación de haber vivido esta escena mil veces: mi marido preguntándose por qué la cartera o las llaves no están donde cree haberlas dejado. Algunos días, lo que no encuentra es el móvil. Llevo años repitiéndole que deje las cosas siempre en el mismo sitio, pero no hay manera. Oigo a mi marido trajinar por el dormitorio; luego, el silencio. Efectivamente, la cartera está en el bolsillo del pantalón.

Mi marido empezó a tener olvidos de la noche a la mañana a los pocos meses de nacer nuestra hija. Acabó por pedir cita en el médico, pues le preocupaba que la memoria le fallase de repente. Había momentos en que sentía que se estaba volviendo loco. No había ningún problema durante semanas; hasta que un reloj desaparecía en el cuarto de baño y lo encontrábamos más adelante en un cajón. Como los escáneres y las pruebas neurológicas no detectaron nada (ninguna lesión cerebral, ninguna enfermedad degenerativa), ambos decidimos tomárnoslo a broma. Desde entonces, nos reímos juntos de sus despistes: ¡mi marido está en la luna! ¡Es tan distraído! Se le olvida todo: las llaves, el portátil, el móvil, el cargador, la lista de la compra… Menos mal que nunca se ha dejado a los niños en el coche en pleno verano o en el carrito del supermercado.

Con ambas manos en el volante, soy incapaz de arrancar. El insoportable olor floral de mi perfume impregna todo el coche; bajo las ventanillas, pero fuera ocurre lo mismo, huele a jardín burgués (la batalla contra el jazmín y la rosa está perdida de antemano). Echo un vistazo al retrovisor y me doy cuenta de que me he equivocado de fular. Cuando metí la mano en el cajón hace un rato, saqué el de motivos naranja (desde que mi marido me ha convertido en una clementina, he decidido solemnemente que no volveré a llevar nunca ropa de ese color) cuando creía haber cogido el verde. No me di cuenta de la equivocación porque me estaba vistiendo a oscuras.

Durante el trayecto prosigue la larga procesión de objetos anaranjados: el anuncio de un zumo de naranjas sicilianas colocado en un semáforo, coincidiendo con un coche naranja que se detiene a mi altura. Me río con nerviosismo. Odio el miércoles, y no solo porque sea el día libre de los niños. El miércoles es por encima de todo el día de Mercurio. Ese planetita caótico y apresurado que rige mi signo, Virgo, y estoy a menudo a merced de su trayectoria por el sistema solar. En cuanto está retrógrado, como ahora mismo, todo se complica: problemas de comunicación, cuestionamientos, emotividad exacerbada. Odio el miércoles y odio Mercurio.

El fular naranja me resulta cada vez más insoportable. Al principio, me molesta un poco para conducir. Luego, al cruzar el patio del instituto, me entra la sensación de que no me deja respirar. Cuando llego al aula, me está asfixiando. Me lo quito y lo tiro por la ventana. Abajo, unos alumnos lo pisotean. Ya no podía soportar seguir llevando, anudada al cuello, la falta que había cometido mi marido: impedirme dormir con las contraventanas abiertas. Por su culpa tengo que vestirme a oscuras cuando madrugo. Él es el causante de todo. Y por su culpa me he equivocado de fular esta mañana.

Para calmarme, me repito lo que mi madre lleva diciéndome toda la vida: «El matrimonio consiste en ceder». Dormir con las contraventanas cerradas *tampoco es para tanto*. Además, muchas parejas duermen así; bien pensado, es solo cuestión de acostumbrarse. Y, además, los científicos coinciden en decir que el sueño es más reparador totalmente a oscuras. Así que *tampoco es para tanto*. Pero, al cabo de quince años, ¿se puede seguir diciendo que *tampoco es para tanto*? ¿Cinco mil cuatrocientas setenta y ocho noches son realmente una cantidad desdeñable? ¿No cuenta que haya dormido algo peor cinco mil cuatrocientas setenta y ocho noches? ¿Cinco mil cuatrocientas setenta y ocho mañanas sin que me despierte la luz natural del día no es una renuncia merecedora de que me indigne?

Por culpa de esas contraventanas cerradas duermo mal. Ahora bien, la falta de sueño me arruina la salud y aumenta el riesgo de que padezca cáncer. Además, rindo menos en el trabajo y resulto más peligrosa al volante en carretera. Quince años estando más irritable, teniendo menos paciencia con mis hijos y mis alumnos, y mayor dificultad para memorizar datos nuevos. Quince años con sueño de mala calidad y un cansancio impreciso que me ralentiza los reflejos: si presenciase un accidente o si se incendiase la casa, las consecuencias podrían ser desastrosas. Y, por si fuese poco, dormir mal engorda, cuando mi marido es el primero que alaba lo delgada que estoy. Esas cuarenta mil horas de sueño destructoras a oscuras, ¿quién me las va a devolver? ¿Cómo me las van a compensar?

«El matrimonio consiste en ceder». Pero ¿por qué soy yo quien ha accedido a adaptarse? No había ningún motivo para que yo cediese más que él. Y aun así, las contraventanas cerradas se afincaron entre nosotros como algo obvio. Apenas si se planteó la cuestión. Mi marido siempre puede taparse los ojos con un antifaz, mientras que yo no tengo posibilidad de reproducir artificialmente la luz de la calle en nuestro dormitorio. Y, además, ayer, cuando entorné las contraventanas, los primeros rayos de sol no lo despertaron: ¿tiene el sueño tan ligero como asegura? Un buen día decretó que solamente podía dormir a oscuras, pero lo cierto es que nunca hemos intentado hacerlo de otra manera. A lo mejor ni se daba cuenta de la diferencia.

La injusticia salta a la vista, e incluso (apenas me atrevo a pensarlo) el embuste. ¿Acaso mi marido me ha hecho creer siempre que solo podía dormir con las contraventanas cerradas cuando en realidad no lo sabe o, lo que es peor, no es cierto? ¿Es esa su forma de establecer su dominio sobre mí?

Ya entrada la mañana, no puedo resistirme a organizar una votación a mano alzada en clase. Compruebo que los que duermen totalmente a oscuras ni siquiera son una mayoría aplastante. Así que mi marido no puede ampararse en la superioridad numérica. ¿Cómo ha podido convencerme de que dormir con las contraventanas cerradas era de cajón?

Mi marido llama para decirme que se le ha olvidado un documento que va a necesitar esta tarde. Y eso que estaba convencido de que lo había metido en el maletín. Es un contrato importante metido en una carpeta con solapas. Me ofrezco a llevárselo al trabajo y así aprovechar para comer juntos.

Al volver a casa, paso un buen rato vistiéndome para la ocasión y dudando delante del armario. Tengo muchísima ropa. No compro mucha, pero la conservo toda. Soy incapaz de seleccionar, regalar o tirar: cada tela es la reliquia de una época desaparecida, cada prenda el recuerdo de un yo pasado, cada balda una máquina del tiempo. Este vestido cortito de flores que compré el verano de mis veinte años es el que Adrien me quita de un tirón cuando nos pasamos el día haciendo el amor en su cuarto de estudiante, del que salgo con las mejillas coloradas y el pelo enredado. Estos vaqueros me devuelven a una época en que voy corriendo de aquí para allá, impaciente, llegando tarde a una cita con mi director de investigación para hablar de mi proyecto de fin de curso, siempre con deportivas para pillar el autobús 47. Este bolso lo compré cuando empecé a salir con el hombre que iba a convertirse en mi marido: es el primer bolso de lujo que me permití, una inversión de futuro en la que me gasté dos meses de sueldo de profesora joven. Salimos del cine donde hemos ido a ver una película de arte y ensayo, o vamos un domingo a comer a casa de sus padres, y ese bolso me da una confianza nueva en mí misma. También está el vestido premamá con su estampado color cereza. Vuelvo a verme caminando distraídamente al sol, con paso lento, embarazada y casi fuera de cuentas, no tengo ninguna prisa y llevo un relámpago de chocolate en la mano (durante mi primer embarazo estaba tan obsesionada con los relámpagos de chocolate que después nunca he podido volver a comerlos).

Solo una cosa persiste en todas esas antiguas versiones de mí misma: siempre voy oyendo a Véronique Sanson por los auriculares cuando voy por la calle, y mi mundo siempre se colorea con sus canciones de amor.

Me cambio de blusa, me pongo una falda en vez de los vaqueros, al final me decido por un vestido. Vuelvo a echarme perfume, con la esperanza de que dé rienda suelta a su peligrosidad. Me pongo más, pero solo huele a flores y a limpio. Sigo perfumándome, con una pulverización tras otra, una vez, dos veces, diez veces. Pero ningún veneno, ninguna pasión brota de ese frasco prohibitivo. Me cuesta respirar, tengo esa rosa persistente y empalagosa por todo el cuerpo; no me queda otra que volver a lavarme. Rompo el frasco con todas mis fuerzas contra el suelo.

Al recoger los trozos de cristal, me corto en el pie. En la alfombra blanca hay un poco de sangre que no intento limpiar. Me gusta ese rastro rojo. Por fin algo de vida en esta casa inmaculada. Antes de irme, mancho la blusa de seda con tinta para poder darle una explicación a mi marido si me pregunta por qué me he cambiado la ropa de esta mañana. Dejo la blusa manchada muy a la vista encima de la cama para consolidar la coartada. No estoy segura de que tenga arreglo, ni siquiera llevándola al tinte mañana. Una lástima, me gustaba mucho y me sentaba bien.

Me estoy poniendo una capa de rímel cuando recibo un mensaje de mi marido. Lo sé porque uso un tono personalizado para él. Por supuesto he elegido algo discreto: no suena el *Himno al amor* de Édith Piaf cada vez que mi marido me escribe o me llama, ¿por quién me iban a tomar? No soy tan estúpida. He escogido un tono disponible en casi todos los móviles, dos notas muy sencillas (un re y un si). A nadie le llaman la atención, pero yo sé inmediatamente que corresponden a un único contacto de mi directorio: mi marido. Ese truco me evita muchos chascos: tener la esperanza de que sea él y darme cuenta de que solo se trata de alguna amiga o algún allegado.

El principio del mensaje aparece en la pantalla. Apenas puedo creer lo que leo. Empieza así: «¿Has visto la última de…»? Mi marido me escribe para comentar los chanchullos de un político del que, en efecto, acabo de oír por encima que hablaban por la radio. No salgo de mi asombro. Mi marido me escribe en contadísimas ocasiones. Prefiere una llamada rápida, como la de hace un rato, para avisarme de que va a ir a comprar el pan o preguntarme si puedo encargarme yo de llevar al niño a la clase de clarinete. Me llama a menudo, pero rara vez me escribe. Y hoy me manda un mensaje para hablar de política, cuando vamos a vernos dentro de una hora. No tiene ni pies ni cabeza.

Habría entendido que me escribiese para retrasar media hora el hueco para comer. Habría preferido que me escribiese para decirme que me quiere y que está deseando verme. O para explicarme por qué piensa que soy una clementina. Pero lo que tenga que decirme mi marido sobre ese político no me interesa en absoluto.

Cuando llevábamos unos meses saliendo, mi marido se fue de viaje por Asia. Francia estaba en pleno período electoral. Recuerdo una noche en que había conseguido llamarme desde el teléfono del hotel. Teníamos poco tiempo y aun así se puso a hablar de los resultados de las elecciones presidenciales que iban a celebrarse. Comentaba animadamente la campaña que estaba a punto de acabar, el contenido de los debates, quién esperaba que llegase a presidente. Yo llevaba varios días sin saber de él, lo echaba muchísimo de menos y nos resultaba complicado llamarnos por teléfono: ¿qué me importaba a mí que la izquierda ganase o no el domingo? Ni siquiera había ido a votar en la primera vuelta.

Improviso una respuesta para fingir que me implico. Mi mayor duda es cómo concluir el mensaje. Lo que me apetece escribir es: «Hasta ahora, estoy deseando verte, amor mío». Al final, me conformo con: «Hasta ahora». Queda sobrio y distante. Exactamente como me gustaría que me perciba.

Cuando llego a la cita, mi marido aún no está. He llegado pronto, todavía no es la una. Sin embargo, lo primero que pienso es que no va a venir. Me ha dejado de verdad al darse cuenta de que soy una madre poco cariñosa y una esposa demasiado exigente. Ha cogido el coche, metido sus cosas en dos maletas grandes y alquilado un piso en el centro, cuyas señas se negará a darme.

Intento tranquilizarme repitiéndome que todavía no es la hora. Lo único que me atenúa la ansiedad es saber que mi marido es puntual: no tardaré en saber a qué atenerme.

Recuerdo el día en que teníamos que firmar la compraventa de nuestra casa, hace algo más de diez años. Habíamos quedado en la notaría un lunes a las dos y media de la tarde, durante la pausa para comer. Llegué con quince minutos de adelanto. Esperé a mi marido delante de la entrada mirando nerviosamente el reloj y el móvil. Intenté llamarlo una primera vez a las dos y veinticinco, otra a las dos y media. No descolgó. Mi marido nunca llega tarde: estaba claro que me había dejado plantada. Se arrepentía, no estaba preparado, no le apetecía aquella vida. Me decidí a entrar a las tres menos veinticinco, con los ojos llenos de lágrimas, tambaleándome, dispuesta a explicar al notario que había que anularlo todo. El notario me recibió con una sonrisa y me llevó a su despacho, donde mi marido estaba haciendo tiempo. Mientras me esperaba, había empezado a rubricar las copias de los documentos que teníamos que firmar.

Lo recuerdo a menudo. Vuelvo a ver a mi marido inclinado sobre el taco de papeles con un bolígrafo en la mano. Así que, para calmarme mientras lo espero, rememoro aquella escena detalladamente, mientras me repito a mí misma: «Estaba allí desde el principio».

Suele creerse que es la espera ansiosa la que crea la dependencia y alimenta la pasión. El ser amado debería ser un hombre casado con otra, que deja de contestar al teléfono a partir de cierta hora y al que es inútil llamar en Nochebuena o durante las semanas ociosas del verano. La pasión debería nacer de la espera pasiva delante de un teléfono, de los celos por saberlo en el lecho conyugal, de no saber cuándo será la siguiente cita.

A los enamorados adúlteros, a quienes se aman a distancia o a quienes han dejado de amar me gustaría decirles que el amor nunca ha sido cuestión ni de incertidumbre ni de espera, que la regularidad y la reciprocidad no alteran en nada la intensidad. Me gustaría decirles que la pasión también puede crecer en la estabilidad de un hogar, en la puntualidad de la hora de volver a casa, en el cariño patente y en la repetición de lo cotidiano. Me gustaría decirles que el corazón también puede latir a horas fijas.

Es la una en punto. Diviso la silueta de mi marido, a lo lejos, acercándose. No llevo las gafas (le gusto más sin ellas), pero estoy segura de que es él, incluso a esa distancia (debe de estar a veinte metros, puede que veinticinco). ¿Es una prueba certera de amor el poder diferenciar de una ojeada la silueta amada de todas las demás siluetas, incluso siendo miope? ¿Tener una vista hiperaguda es un efecto secundario del sentimiento amoroso? ¿Y a qué distancia empieza el amor, cuando se reconoce a la persona amada a diez metros, a cincuenta o a cien?

Mi marido me propone comer en un restaurante italiano a un cuarto de hora a pie de su oficina. ¿Por qué alejarse tanto? ¿Tiene miedo de que algún compañero suyo nos sorprenda a los dos? ¿Teme que alguien le pregunte delante de mí por su mujer, sacando a la luz su infidelidad? ¿Se avergüenza de quedar conmigo para un *tête-à-tête*? Es cierto que no resulta muy viril: una comida de negocios para hablar de un contrato importante con Dinamarca quizá se ajuste más a la imagen que mi marido pretende dar de sí mismo. Nos sentamos en la terraza. Me tranquilizo: si no quisiera que nos vieran, habría preferido comer dentro.

Nada más sentarnos, mi marido me pide el documento y lo mete en el maletín.

—¡Al fin y al cabo, para eso has venido hasta aquí! —añade.

No contesto aunque discrepo. En cualquier caso, me alegro de haber venido. Es una lástima que mi marido tenga que dejarse olvidado un contrato importante para que vayamos a comer juntos.

Cuando la camarera nos trae la carta, su juventud y su belleza me descolocan. Lo disimulo y lo racionalizo: es una chica muy guapa, pero mi marido no me dejaría nunca por una camarera. En inglés existe esta expresión que no tiene equivalente en nuestro idioma: *wife material*. Cuando conocí a mi marido, supe en el acto que sería un estupendo *husband material*, es decir, un marido en potencia. Tenía todo lo necesario: estatus social, buenos estudios, carrera profesional y elegancia. La hechura de un marido para mí y la de un padre para nuestros futuros hijos. Así que por qué no decirlo sin rodeos: esta camarera tan jugosa no es una *wife material* en absoluto. No me cabe duda de que sería una amante estupenda. Mi marido podría quedar con ella de vez en cuando, en un hotel, hallar satisfacción en esa piel tan tersa y gozar entre sus pechos; pero nunca se la presentaría a sus padres. Nunca la llevaría a una cena con sus compañeros de trabajo y nunca la dejaría embarazada. En resumen, esta camarera no es una amenaza seria.

Cuando vuelve para tomar el pedido, aún no me ha dado tiempo a echarle una ojeada a la carta. En cambio, mi marido sabe exactamente lo que quiere: lasaña. ¿Por qué no pide carne como de costumbre? En quince años es la primera vez que pide lasaña. También quiere preguntar algo sobre los postres y el vino. Apenas acabamos de sentarnos, ¿cómo le ha dado tiempo a pensar en todo eso? ¿Ha mirado la carta antes de venir para prepararse antes de comer conmigo (que es algo que yo suelo hacer cuando quedo con él)? Noto que tiene prisa y pido lo mismo.

No sé de qué estamos hablando, pero resulta más bien fácil. Mi marido y yo siempre hemos conversado con fluidez. Recuerdo las palabras que manaban ya de su boca hacia la mía en las primeras citas. A veces teníamos tantas cosas que decirnos que se nos olvidaba hacer el amor. Quizá por eso nunca nos hemos besado mucho en comparación con las demás parejas. Los enamorados que no paran de besarse suelen hacerlo para ocultar que les falta conversación: cuando tienes una boca pegada a la tuya es difícil debatir en profundidad sobre el sentido de la vida. Mi marido y yo nunca hemos necesitado besarnos para llenar el vacío; en cualquier caso, eso es lo que me repito para tranquilizarme cuando Nicolas y Louise se besan en la cocina después de cenar: por fin tienen un rato para hablar en privado y en vez de eso prefieren besarse. Qué ocurrencia.

Nuestras conversaciones son densas. Incluso al cabo de los años, siguen siendo ricas (en vocabulario, en referencias, en matices, en metáforas), lo que para mí es importantísimo. El miedo a quedarnos en blanco nunca ha dejado de aterrarme. De adolescente, la pareja que formaban Jean-Paul Sartre y Simone de Beauvoir era mi modelo (salvo en lo de la no exclusividad: no me atraen nada las relaciones abiertas); los visualizaba en cafés, hablando durante horas y empalmando cigarrillos. Fantaseaba por entonces con un matrimonio cuya argamasa fuera el *ping-pong* verbal e intelectual, una unión en la que las palabras fuesen protagonistas. Con mi marido me esfuerzo, pues, en acabar las frases y en hallar continuamente nuevos temas de conversación. Siempre me ha dado mucho miedo no parecerle interesante.

Mi marido me habla, lo escucho solo a medias, pero veo que me habla y eso me basta. Cientos de palabras, de comentarios, de signos de admiración lanzados al aire.

Preparo mis próximas respuestas para evitar a toda costa que se produzca un silencio entre nosotros. La comida llega justo a tiempo: me había quedado sin ideas para reavivar la conversación.

Me fijo en el tono amistoso de mi marido con la camarera cuando le pone el plato delante. ¿A qué vienen esas confianzas? ¿Ya se están acostando? ¿Por eso ha querido traerme a este restaurante antes que a otro? ¿Le excita a mi marido que su amante conozca a su mujer? Qué escenificación tan perversa.

Sigo disimulando. En primer lugar, porque no quiero que se me noten los celos (siempre es un error mostrarte vulnerable). Pero también porque, siendo pragmática, por fin siento que estoy lista para hablar con él de un tema más importante: la clementina. Tengo que elegir mis contiendas. Espero a que la conversación me ofrezca el momento oportuno y me lanzo:

—Le he estado dando vueltas a lo que me dijiste anoche, lo de la clementina. ¡Qué duro eres! Yo creo que me parezco más a una mora o a una cereza.

—¡Todavía estás con eso! —contesta riéndose.

Es una risa que quita hierro a la conversación y a la vez la zanja definitivamente. Mi marido hace una pausa y toma otro sorbo de vino (¿es su nueva forma de cambiar de tema cuando no está a gusto?). He perdido esta batalla.

Acabamos de terminar el plato cuando se acerca un hombre a nuestra mesa. Reconozco a un compañero de trabajo de mi marido. Me saluda y se interesa por los niños. ¿No podría preguntarle eso mismo a mi marido el lunes por la mañana delante de la máquina de café? ¿Por qué siempre me eligen a mí antes que a él para hablar sobre nuestra vida doméstica y nuestros planes para las vacaciones?

Me perturba este hombre que se codea a diario con mi marido en el trabajo. Lo conoce en calidad de responsable, tutor y colaborador. Es una faceta de su personalidad que siempre va a estar fuera de mi alcance. ¿Mi marido será un hombre valorado, respetado o temido? Me pregunto cómo se relaciona en un contexto profesional, qué energía se desprende de él fuera de casa, sin mujer y sin hijos. Me pregunto cómo es cuando no estoy delante para verlo.

Mi marido le propone que se tome el postre con nosotros (rezo para que no nos estropee el *tête-à-tête*; y él sin duda oye mis plegarias porque rechaza la invitación cortésmente). Antes de alejarse, se dirige a mi marido una última vez llamándolo «Arlequín». Por mi mirada de pasmo, comprende que no estoy enterada de ese detalle y me explica que en el equipo de mi marido han empezado a apodarlo así desde que se dieron cuenta de que era él quien se comía todos los caramelitos multicolores que hay en la cocina comunitaria para que piquen los empleados. O sea, que de todas las golosinas, bebidas y fruta que la empresa pone a su disposición, lo que más le gusta a mi marido son esos caramelos. Esta anécdota, trivial a primera vista, me descoloca. No sabía que fuera tan goloso. Mi marido prefiere lo salado.

En el momento de pagar, valoro que mi marido se haga cargo espontáneamente de la cuenta. Puede que no sea más que un detalle, pero esta fineza convierte oficialmente nuestra comida en cita romántica. Me fijo entonces en que deja una propina francamente excesiva. El tono excesivamente cordial con la camarera, la lasaña, la generosa propina: ¿se ha enamorado mi marido de otra mujer? Puesto que no puede ser la camarera, que no es ni por asomo una *wife material*, ¿quién será esa rival a la que debo temer? ¿Será la euforia de ese amor incipiente la que lo hace gastar a manos llenas y cambiar de costumbres? Por supuesto, hay otras explicaciones posibles para los cambios que he notado en su conducta: puede que se alegre de comer conmigo (en el mejor de los casos), que se sienta aliviado por haber recuperado el documento (es probable) o que esté disfrutando del buen tiempo con el que empieza la tarde (es cierto que hace muy bueno). Pero algo ha cambiado.

Normalmente, puedo predecir qué plato va a pedir mi marido (cualquier cosa menos lasaña), cuánta propina va a dejar encima de la mesa y cómo le va a dar las gracias a la camarera al marcharse. Me sé de memoria sus normas de gramática. Me sé su tono, sus entonaciones y su sintaxis. Puedo anticipar sus palabras (he llegado incluso a anticipar sus estornudos). Sé que come pocos dulces. Así que, ¿cómo es posible que, de buenas a primeras, se convierta en un desconocido?

En el camino de vuelta, lloro de tristeza. Lloro por la clementina. Lloro por la lasaña. Lloro por todas las heridas que me inflige mi marido. Lloro y los transeúntes se vuelven cuando paso, porque no es lo habitual ver a una mujer tan guapa llorando. Lloro y lo peor es que tengo la certeza de que las lágrimas me sientan bien. Deben de darme un aspecto de heroína de Racine.

Pienso a menudo en Fedra, mi enamorada favorita de la literatura (con todas las que hay, la competencia es ardua). Releo a menudo esa obra de Racine. El argumento gira en torno a un único e importante eje narrativo: Fedra se consume de amor por Hipólito. Pero Hipólito no solo es su hijastro, sino que además quiere a otra, Aricia.

Opone al amor de Fedra un corazón doblemente inaccesible. La situación en la que se halla Fedra es, pues, sencilla y es fácil entender su aflicción. Es la universalmente conocida del amor imposible.

Aunque es un caso triste, nunca me ha parecido trágico. Fedra conoce el motivo de su tristeza: siente un amor prohibido e incestuoso que no es correspondido. Hipólito es su hijastro y quiere a otra. Así pues, debe resignarse, morir, olvidar o vivir con ello; pero es una situación que Fedra entiende muy bien, un aprieto que se puede contar y está claro, un problema que le puede confiar a su nodriza, Enona. A Fedra no la aman y puede llorar tranquilamente su aflicción.

Si pudiese hablar con ella, le diría a Fedra que resulta aún más doloroso amar a aquel a quien ya se posee. Yo no tengo motivo alguno para estar triste. Si tuviese que explicarle a un transeúnte por qué lloro, ¿qué iba a decirle? ¿Que estoy destrozada porque mi marido piensa que soy una clementina? ¿Que me he venido abajo porque ha tomado lasaña? ¿Que estoy hecha un mar de lágrimas porque ha dejado mucha propina? En el fondo, sé que mis lágrimas no tienen razón de ser. Las de Fedra son límpidas como el cristal, las mías son monstruosas.

Pese a lo que nos diferencia, Fedra y yo coincidimos al menos en algo: ambas rechazamos el amor. Las dos habríamos preferido no amar. Padecemos las consecuencias de un amor demasiado intenso e inadecuado. No hay ninguna complacencia en ser una mujer enamorada. Ninguna autosatisfacción por vivir una pasión así. Ninguna indulgencia conmigo misma cuando me pongo en semejante estado.

> «Amo. Pero no creas que me sienta inocente
> »mientras te amo ni piense que con la razón cuente».

Solo tengo una amiga íntima, Lucie. Nuestras hijas son inseparables desde que empezaron a ir a la escuela y eso nos ha acercado. Me ha bastado siempre con mi marido, no necesitaba una amiga, pero eso fue lo que ocurrió. Al principio, incluso me causaba cierto rechazo esa idea. Nunca he sabido cómo apañármelas para tener amistad con una mujer, no iba a aventurarme a los cuarenta años. Pero como mi marido se llevaba bien con el marido de Lucie, empezamos a quedar los cuatro juntos. Desde hace un año, Lucie y yo incluso quedamos todos los sábados para jugar al tenis.

Aunque Lucie se haya convertido en una amiga, no por ello es una confidente (si yo soy Fedra, ella no es ninguna Enona). El hecho de que conozca a mi marido imposibilita cualquier conversación sincera sobre él. Pues, igual que todos los que lo tratan, Lucie suele repetirme que he encontrado una joya y me he casado con el príncipe azul.

Cuando Lucie me cuenta las dificultades que tiene con su marido, Pierre, intercala en sus confidencias breves afirmaciones, cuyos sobreentendidos me incomodan:

—Es que tú no puedes entenderlo, tu marido y tú no tenéis problemas de ese tipo.

O bien:

—A ti tu marido nunca te haría algo así.

Es como si supiera que mi marido es distinto al suyo. E incluso que mi marido es distinto a todos los demás maridos. Está tan convencida que nunca me he atrevido a contradecirla ni a preguntarle qué quería decir con eso.

Desde que conocí a mi marido, mis padres, mis hermanas y mis colegas no han dejado de comentar lo afortunada que soy. Lo afirman todos con aplomo:

—Menuda suerte que tienes.

Me dicen que tengo suerte como si mi marido me hubiera tocado en la lotería. Se portan conmigo como si me hubiese saltado las estadísticas y las probabilidades al casarme con él. Dicho de otro modo: sugieren que él podría haber encontrado a alguien mejor.

Es cierto. El trabajo de mi marido es más prestigioso que el mío, tiene unos títulos impresionantes, creció en una familia burguesa, juega al tenis mejor que yo y es un hombre atractivo. Yo en cambio vengo de una familia modesta, crecí en un barrio obrero, soy profesora de Inglés en un instituto. Hablo y traduzco una lengua que casi todo el mundo entiende (no es ruso o persa, el inglés no fascina a nadie). La verdad es que no da para lucirse en sociedad. Menos mal que soy muy guapa.

Sin duda mi marido podría haberse casado mejor (mi belleza no durará eternamente). Sin embargo, me fastidia que ese desequilibrio resulte tan evidente para todo el mundo. Me fastidia sobre todo que la gente pueda hablar de ello libremente, que sea socialmente aceptable comunicármelo y decirme sin ningún empacho:

—Menuda suerte que tienes.

Que yo sepa, nadie le ha dicho nunca a mi marido que él también tenía «suerte» de estar conmigo.

Es esa desigualdad entre mi marido y yo lo que me impide sincerarme con Lucie. Me contestaría seguramente que me preocupo por nada, que mi marido me es fiel y me quiere, que es un marido y un padre estupendo. Me recordaría que lo tengo todo (otra expresión que mis allegados se apresuran a utilizar para calificar mi vida). En resumen, me diría que no ve dónde está el problema.

No he hablado de mi situación con mi marido más que una sola vez. Fue hace cuatro años, durante unas vacaciones en la montaña. Congenié con una italiana que se alojaba en el mismo hotel que nosotros con su marido y su hijo. Era la primera vez que iba a esa estación de esquí y yo sabía que seguramente no volvería a verla nunca. Aquella mañana habíamos quedado en la piscina del hotel. Sentadas en el borde, con las piernas metidas en el agua hasta la rodilla, mirábamos de frente como si estuviéramos vigilando a nuestros hijos mientras se bañaban, aunque en realidad estábamos solas ante una piscina vacía aún. Ante nosotras, tras la gran cristalera, los primeros esquiadores bajaban por las pistas trazando bonitas curvas por las montañas nevadas. Me sinceré con ella sin mirarla nunca a los ojos. No dijo ni una palabra y me dejó terminar. Miraba de frente moviendo los pies en el agua. Recé para que no me contestase con frases hechas. Ni mucho menos con palabras de consuelo o falsa compasión. Quería que me dijesen qué hacer. Pasados unos minutos, me dirigió estas frases que no he olvidado:

—Creo que te equivocas de cabo a rabo. ¿Nunca te has planteado que tu marido te quería más de lo que lo quieres tú? Dices que estás locamente enamorada de él, pero ¿no crees que es él quien está verdaderamente enamorado? Él es el único de los dos cuyo amor haya superado el amor pasional del principio. Tú sigues viviendo en esa fase obsesiva que normalmente solo dura los primeros meses de una relación. Ni siquiera confías en él, es como si no hubierais construido nada juntos. Así que a lo mejor las cosas no son como a ti te gustaría, pero tú misma lo has dicho: tu marido te apoya, te conoce, te respeta y te quiere. Creo que cometes un error de cabo a rabo. El enamorado es tu marido. No tú. Tú en realidad no lo quieres.

Sus palabras flotaban por encima de la piscina vacía. No contesté nada. Me puse de pie y me zambullí. ¿Cómo podía afirmar que no quería a mi marido cuando mi problema era precisamente que lo quería demasiado? Me prometí no volver a sincerarme con nadie.

Sin embargo, sus palabras no eran del todo equivocadas. Puede que eso fuera lo que me dolió tanto. Eran también un curioso eco del segundo segmento de mi cita favorita de Marguerite Duras: «Nunca he amado, creyendo amar». Me pregunto incluso si no pronunció esas palabras tal cual, en ese orden: «Nunca has amado a tu marido, creyendo amarlo». ¿También ella había leído *El amante*? No me atreví a preguntárselo.

No volvimos a hablar del tema hasta el final de las vacaciones. Pero, en nuestra última noche en la estación de esquí, me pareció vislumbrarla cuchicheando algo al oído a mi marido.

La portezuela suena, el buzón se abre, la llave gira en la cerradura: son las siete y media, se me acelera el pulso. Se reanuda la vida.

Inmediatamente antes de que entrase, he ido a observarlo desde la ventana del primer piso para ver cómo recorre el sendero florido y decidir si parecía alegrarse o no de volver a casa. Resultado: no andaba de forma especialmente apresurada ni tampoco se ha peinado antes de abrir la puerta, pero tenía una leve sonrisa en los labios. Mi marido no deja de enviarme señales contradictorias.

Acudo a recibirlo. El olor del pollo que se está asando le da el toque final a esta escena que he ensayado mentalmente varias veces antes de que llegase. Mi marido besa a los niños en la frente y a mí, en la mejilla. Ese falso pudor me solivianta. No son tontos, saben de sobra que sus padres se besan en la boca, ¿por qué negarse a hacerlo delante de ellos? Me preocupa que mi marido sea tan poco efusivo: ¿qué perciben mis hijos de la pareja que formamos? ¿Les parecerá que su padre tiene pinta de estar enamorado de mí? Aunque solo sean unos niños, no dejan de ser unos testigos de excepción de nuestro amor. Además, suele decirse que los niños notan esa clase de cosas, que son unas auténticas esponjas de emociones (por lo visto es una cuestión de neuronas espejo). Me gustaría preguntárselo, pero no se me ha ocurrido ninguna forma de sacar el tema. Quizá sea más fácil plantearlo cuando sean adolescentes. ¿Podremos por fin hablar de amor y del sentido de la vida estando sentados a la mesa?

Y es que, de todos los ritos de la convivencia, lo que más me aburre es la danza tan bien acompasada de las comidas familiares. A mediodía éramos dos enamorados sentados en la terraza de un restaurante: unos transeúntes podrían habernos tomado por dos compañeros de trabajo que ardían en deseo mutuo sin haberse atrevido aún a dar ni un solo paso, o por dos viejos amantes (imposible afirmarlo con seguridad visto desde fuera). Esta noche, en cambio, en la obra que representamos no hay cabida para la ambigüedad: somos dos padres que cenan con sus hijos, en plena representación familiar. Yo interpreto a la madre y él, al padre. Y echo de menos a mi marido.

Todo el mundo se sabe su partitura. Mi marido anima la cena, es el director de orquesta de la conversación. Diríase que se atribuye el cometido de que nuestros hijos hablen. Por lo menos, no hay que temer que pase ningún ángel. Les pregunta cosas, los anima a contestar, les pide detalles, hace que se autocorrijan, se preocupa por que argumenten lo que piensan de forma coherente: el colegio, las actividades, lo que aprenden, las clases de música, el concierto de fin de curso del conservatorio. Yo, entretanto, les sonrío lo más bondadosamente que puedo mientras los oigo hablar. Y es que, para ser franca, lo que se cuenta a la hora de la cena no me interesa mucho. Le pregunto a mi vez a mi marido qué tal le ha ido el día, pero me contesta con vaguedades. Y ni siquiera logro culparlo. No puede darme detalles sobre el complejo informe en el que está trabajando, ni compartir conmigo lo preocupado que está por la salud de sus padres, ni hablar en serio de sus ganas de viajar: no delante de los niños. A su edad, son lo bastante mayores para entenderlo, pero demasiado pequeños para que les incumba. Cuando estamos sentados a la mesa, hablamos sin llegar a decir nunca nada importante, cosa que me frustra y me aburre profundamente.

Menos mal que mis hijos siempre se han acostado más temprano que sus compañeros de clase de la misma edad. Les he recordado cientos de veces lo importante que es dormir bien toda la noche. Me gusta explicarles detalladamente las cosas esenciales que ocurren cuando están dormidos: los músculos se relajan y descansan, el cerebro asimila y selecciona los recuerdos del día, la imaginación trabaja a pleno rendimiento para fabricarles sueños coloridos, las hormonas del crecimiento se expanden por todo el cuerpo para que crezcan. Resumiendo, que mis hijos siempre se han acostado temprano.

En realidad, velar por el sueño de mis hijos es un cometido muy egoísta, basado en mis propias necesidades, entre ellas esa tan esencial de pasar varias horas con mi marido, cara a cara, todas las noches. Pero a medida que crecían mis hijos, más se iba retrasando la hora de que se fueran a dormir e, inevitablemente, menos tiempo pasábamos a solas mi marido y yo. Presenciaba, desdichada e impotente, cómo la pareja se iba transformando en familia.

Ahora mis hijos ya son capaces de leer solos en la cama, pero mi marido sigue yendo a hojear con ellos unas cuantas páginas. Cuando eran pequeños, les contaba todas las noches un episodio de la historia de los reyes de Francia. Empezaba por los merovingios, luego pasaba a los carolingios, a los auténticos Capetos y a los Valois. Por fin llegaba a los Borbones y vuelta a empezar. Iba siguiendo los capítulos de un libro grande y rojo con las páginas ajadas de tanto pasarlas; pero ese libro no era más que un pretexto, el soporte de un relato que completaba en cada ocasión con nuevas anécdotas (el tartamudeo de Luis XIII, la chismosa de la corte de Luis XIV, el ascenso fulgurante de Nicolas Fouquet) y con preguntas (¿quién era el hijo pequeño de Luis IX? ¿De quién era favorita Diane de Poitiers? ¿Qué reina mandó construir el palacio del Luxembourg?). Estos paseos por las fechas, los personajes y las batallas siempre dejaban maravillados a nuestros hijos. Mi marido no les ha contado nunca dos veces la misma historia.

A mí no me gustaba cuando le llegaba el turno a Enrique IV, un adúltero notorio. Prefería cuando contaba las aventuras de Luis XV, un rey mediocre, en efecto, pero que le fue fiel a la misma mujer toda la vida. Sin embargo, mi relato preferido estaba al otro lado del Rin: el del general Bismarck, que quiso a su esposa con una constancia y un fervor casi sin parangón en la historia. Nunca echó una cana al aire, ni siquiera cuando sus campañas militares lo alejaban durante meses enteros de aquella a quien amaba.

Cuando éramos una pareja joven y sin hijos, mi marido me leía poemas de Paul Éluard después del amor y fragmentos de *En busca del tiempo perdido* los domingos por la mañana mientras nos tomábamos el café en la cama. Ahora es a nuestros hijos a quienes les lee en voz alta. La poesía del siglo XX y Marcel Proust han salido de nuestro dormitorio para volver, muy formalitos, a la biblioteca del salón.

Yo también les he leído muchos cuentos a nuestros hijos cuando eran pequeños. Pero lo hacía con menos espontaneidad que mi marido. No cogía el tono igual ni supe imitar nunca las voces de los personajes tan bien como él. Y además, me sentía incómoda haciéndolo: no tenía forma de saber qué entendían, con tres o cinco años, de las aventuras que les estaba contando, si iba demasiado deprisa o demasiado despacio. Cada noche, en el cuarto de cada uno, el tiempo se me antojaba eterno y los libros, interminables.

Mi hija tiene ahora siete años, casi ocho. Cuando le leo cuentos, intento escoger uno en el que no haya príncipes y no aparezca el amor. Le compro libros de heroínas independientes que se enfrentan con los dragones, navegan en barcos de guerra, desentierran esqueletos de dinosaurios. Escoger esa clase de narraciones forma parte de la dolorosa responsabilidad que siento hacia mi hija. Me niego en redondo a que cometa los mismos errores que yo.

Quiero a nuestros hijos, obviamente. Los quiero, pero también está muy claro que habría preferido no tenerlos. Los quiero, pero habría preferido vivir sola con mi marido. Hoy por hoy creo poder decir con certeza que sobreviviría a la muerte de uno de nuestros hijos, pero no a la de mi marido.

No obstante, darle un hijo me acercó a él. Sobre todo, al principio, cuando vivíamos los tres en autarquía. Era un compromiso para toda la vida (sería la madre de sus hijos para siempre) y una complicidad valiosísima (las noches eran igual de difíciles para ambos cuando las otitis de nuestro hijo nos tenían despiertos hasta el amanecer). Ese niño era una cosa más que teníamos en común, un tema de conversación inagotable, la prueba y la materialización de su amor por mí. Pero no bastó para que quisiera a mi hijo tanto como debería haberlo hecho.

Cuando mi marido se reincorporó al trabajo y yo me encontré sola en casa con mi recién nacido, me sentí cautiva, encerrada en un papel de madre que no me apetecía nada interpretar y para el que no tenía talento alguno.

Quedarme embobada con ese rorro dormido en mi hombro nunca fue algo innato. Como tampoco lo fue, más adelante, saber qué decirles a nuestros hijos en el camino de vuelta del colegio. Nada de todo eso me llegó espontáneamente. Nunca he conseguido poner la misma cara fascinada que los demás padres cuando sus hijos cuentan cómo han pasado el día. Nunca he conseguido que me interesaran sus juegos, sus preocupaciones, sus amistades. Tampoco he conseguido nunca acostumbrarme a que anduviesen tan despacio; aunque mis hijos se desplazan ya a una velocidad razonable, durante mucho tiempo su lentitud me exasperó. Mi hija en la sillita, mi hijo andando a nuestro lado y yo venga a repetir:

—No te sueltes de la sillita, tenla siempre agarrada con la mano.

Recorrer el trayecto de la guardería a casa (distancia real: 724 metros) me parecía lo mismo que ir de París a Tokio (distancia percibida: 9.710 kilómetros).

Quiero a mis hijos, pero su presencia me agobia. No poder hablar de nada transcendental por la noche en la mesa. Tener que esperar a que se acuesten para hacer el amor con mi marido. Contar con los dedos de una mano los fines de semana que he pasado a solas con él estos diez últimos años. Perder el tiempo cuando me desplazo: con ellos ando a menos de 4,7 kilómetros por hora, cuando sola alcanzo los 6,8 kilómetros por hora. Por no hablar de mi cuerpo, que he visto deformarse durante los embarazos (por suerte solo fue una distorsión temporal de la figura, pues he perdido todos y cada uno de los kilos que engordé entonces). Cómo no, decidí no amamantar a mis hijos: tener un pecho firme me importaba demasiado como para renunciar por ellos a una parte tan importante de mi femineidad.

No soy una madre lo bastante presente, lo bastante abnegada ni lo bastante pendiente de sus hijos. Cuando voy a recogerlos al colegio, hay siempre un grupo de padres charlando en una esquina. Les dirijo un gesto con la mano y hago como si tuviera prisa, lo cual me dispensa de ir a saludarlos. En realidad, me da miedo que aprovechen para pedirme que me encargue de algún puesto en la fiesta del colegio o que se den cuenta, al hilo de una conversación, de que no sé cómo se llaman sus hijos cuando ellos me preguntan sistemáticamente por los míos.

He leído por ahí que existen tres tipos de mujer: la enamorada, la amante y la madre. Me pareció una reflexión muy atinada. Pasé la infancia y la adolescencia siendo la enamorada: soñaba con mi vida futura en novelas cursis, y las únicas películas que me parecían dignas de interés eran las que escenificaban una historia de amor más o menos obstaculizada y feliz, pero siempre apasionada. De joven, seguí buscando a mi gran amor: ser una amante seguía sin interesarme (el amor sin compromiso me sabe a poco). Pero cuando tuve hijos, no llegué a pasar a la siguiente etapa. Nunca cambié de categoría para convertirme en una madre.

Así que lo hago lo mejor que puedo, pero la mayoría de las veces ser una enamorada me tiene demasiado entretenida como para ser una buena madre.

Loving is easy
When everything's perfect
Please don't change a single little thing for me

Mi marido baja el volumen para no despertar a los niños. El estribillo repite, como para burlarse de mí, que amar es fácil. ¿Por qué ha elegido esta canción mi marido? ¿Lo ha hecho aposta para poner de relieve que soy incapaz de amar como todo el mundo? O puede que, en realidad, esté tratando de indicarme el camino, de comunicarme sutilmente un mensaje: fíjate, amar podría ser fácil si te decidieras…, pero dudo que lo hagas. Tengo tendencia a ver maldad por todas partes, pero las decisiones musicales de mi marido rara vez son bienintencionadas. Y nuestras veladas más gélidas arrancan a menudo con pop inglés.

Siempre es mi marido quien elige la música. Es él quien elabora la *playlist* de nuestra vida amorosa y renueva regularmente la banda sonora de nuestra vida familiar. Mi marido marca el tono. Con un clic, decide si el ambiente va a ser melancólico o festivo, dinámico o romántico. Con el tiempo, incluso he aprendido a detectar si está de buen humor o de malo en función de lo que elija. El único sitio donde yo elijo la música es en mi coche; cuando estoy sola, escucho los éxitos que ponen en la radio y sigo comprando los CD para conducir (ahora mismo estoy escuchando a un músico con pecas que canta sobre su divorcio de forma luminosa).

Mientas mi marido se ducha, lo espero en el sofá. Tengo la sensación de que yo también soy un mueble. Con la música de fondo y las revistas de decoración que he dejado en la mesa baja para entretenerme mientras espero, tengo más que nada la sensación de estar en una sala de espera. Hojeo *El amante* con la yema de los dedos sin leerlo.

Cuando mi marido por fin se reúne conmigo, vuelvo a cerrar el libro. Sistemáticamente, cuando mi marido entra en la habitación, suelto la novela, quito la radio, dejo lo que estoy corrigiendo, apago la tele. Me paro de forma refleja. Me pongo a su disposición.

Mi marido reproduce entonces un clásico de *jazz*. Pero no es una canción cualquiera. Es la música de nuestro primer baile, la del día de nuestra boda. ¿Cómo puedo seguir siendo tan ingenua como para creer que la música que elige es fruto de la casualidad? Las pruebas son abrumadoras.

Mi marido no se inmiscuyó en elegir el color de las invitaciones ni exigió nada en concreto para el menú. En cambio, decidió cuál sería la pieza con la que abriríamos el baile:

—Quiero que sea *Day by Day.*

Yo le había propuesto en su lugar una versión acústica de *Sweep me off my feet*, la canción de la noche en que nos conocimos, me gustaba ese símbolo, pero él se negó. Me repitió cien veces que *Day by Day* era la canción de amor más bonita jamás compuesta, y yo la escuché cien veces sin lograr nunca percatarme de esa belleza.

Day by day I'm falling more in love with you
And day by day my love seems to grow...

El tema es simplista. Prueba de ello es que resulta tan fácil de entender como de traducir:
Día tras día estoy más enamorado de ti.
Y día tras día me parece que mi amor por ti va creciendo.

¿Cómo podía respaldar mi marido una idea tan peligrosa? Que me quisiera un poco más cada día también significaba que un buen día podía dejar de quererme. ¿Qué me garantizaba que la curva seguiría creciendo de forma exponencial?

Yo siempre he querido a mi marido con un amor incondicional. Desde el primer día, con una cantidad inmensa e igual, y sin que nada pueda cambiar ese estado de hecho. Pensaba, equivocadamente, que para mi marido el matrimonio tenía ese mismo significado, hasta que descubrí la letra de esa canción. Allí estaba la terrible y cruda realidad: su amor por mí seguía creciendo dos años después de habernos conocido y le parecía normal meter variaciones en sus sentimientos. Si mi marido pensaba que siempre me iba a querer más después, ¿acaso significaba que nunca me querría de verdad? En la pista de baile, delante de nuestros amigos y familiares, recordé con espanto esta cita del filósofo Pascal: «Al estar siempre dispuestos a ser felices, es inevitable que no lo seamos nunca».

Hojeo a menudo el álbum de fotos de nuestra boda, que está colocado en lo más alto de la biblioteca; ¿soy la única que ve sendas lágrimas de tristeza en la comisura de mis ojos cuando estoy entre sus brazos abriendo el baile?

Mi marido quita la música y enciende la tele. Yo preferiría que hablásemos, pero guardo silencio. No hace ni una hora que les estaba dando las buenas noches a los niños y contándoles una última anécdota de esas cuyo secreto posee. Con el tono, las risas y el cariño adecuados. Pero ahora que por fin estamos juntos él y yo, lo encuentro totalmente vacío. Ya no le queda nada dentro, está hueco como una botella de plástico. La vida cotidiana lo agota. Así que, a falta de poder pasar el resto de la velada solo, relajándose sin tener que rendirle cuentas a nadie, mi marido necesita tranquilidad. Entre semana, después de cenar, no debo hablar demasiado alto, ni sacar temas de conversación serios, ni estimularlo. La única consigna es dejarlo descansar.

Noto que está acostumbrado a mi presencia. No le sorprende verme sentada a su lado en el sofá. La fuerza de nuestro amor, el improbable cúmulo de circunstancias que propició que nos conociéramos ya no le resultan obvios cuando estoy en la misma habitación que él. No da un respingo cuando me muevo. Cuando voy a la cocina para prepararme una infusión, no se pregunta si me voy a marchar para siempre. Su cuerpo no busca el mío para comprobar que es real.

Finjo que me interesa la película, pero tengo toda la atención puesta en un único cometido: poner la mano encima de la suya. Me acerco y deslizo mis dedos bajo su palma. Pero a los dos minutos, mi marido cambia de postura y me suelta la mano.

Ah! do not run away yet!
Leave it, let my hand be forgotten in your hand!

«¡Ay, no salgas huyendo aún! / ¡Déjala, deja que mi mano se quede olvidada en la tuya!»: la súplica que Romeo le hace a Julieta en mi ópera favorita me parece que viene muy al caso. En mi sofá se representa a Shakespeare varias noches a la semana.

Me gustaría tener arrestos para volverme hacia él y gritarle que fue un milagro que nos conociéramos. Lograr que entienda que mi mano metida en la suya es el espectáculo más hermoso que va a ver jamás. ¿Cómo es posible que en tan poco tiempo le resulte ya tan familiar? Tras los primeros meses de embeleso, presencié con impotencia cómo la creciente cercanía en realidad nos separaba cada vez más. Pasamos de las miradas emocionadas y los ademanes imprecisos a una grata complicidad. La pasión se apagó para dar paso a la cotidianidad.

Cuando empezamos, nuestro paisaje amoroso se parecía a una extensión de dunas infinita; evocaba el peligro de la aridez y la inmensidad del cielo estrellado, el calor asfixiante del día y el frío repentino de la noche. Luego nos convertimos en un lago: una superficie llana y lisa. Vi cómo mi marido se acostumbraba tanto a mi presencia que ya no le parecía milagrosa. Vi cómo el desierto se transformaba en lago.

Mientras estoy contando cuánto tiempo permanece mi marido con el brazo pegado a mi rodilla (me doy por satisfecha cuando pasa de los dos minutos), de pronto va y se saca el móvil del bolsillo. ¿Acaso se aburre conmigo? No entiendo qué necesidad tiene de establecer un contacto inútil con el exterior cuando me tiene al lado. ¿Cómo es posible que se dedique a teclear en mi presencia? ¿Qué puede ser, en este preciso momento, más importante?

Pienso en todas las agresiones que llevo padeciendo desde el lunes y que siguen esta noche (no me equivocaba, el pop inglés nunca es de buen agüero para mis amores). En que haya sacado el móvil aunque me tuviera al lado.

En que no haya vuelto a poner la mano encima de la mía y nuestros cuerpos ya no se toquen (ni siquiera a la altura de la rodilla). En que tampoco me pregunte cómo llevo la traducción. En que no vuelva a darme las gracias por haberle llevado la carpeta a mediodía. En que siga sin disculparse por lo de la clementina. En que no se ofrezca a dejar por una vez las contraventanas abiertas por la noche. En que no me diga lo maravillosos que son nuestros hijos y que nuestra vida juntos es una bendición.

Me lo imagino volviéndose de pronto hacia mí: me acaricia las piernas, cruzamos unas palabras cariñosas mientras me sube la mano por el muslo: me tumba bocarriba en el sofá, me sube el vestido y, con rudeza, me planta la mano encima de la boca y el sexo entre los muslos húmedos. No me cuesta nada imaginármelo, pero mi marido no hace nada de nada porque está demasiado entretenido mirando la televisión.

Cambia de cadena y luego apaga. Este uso unilateral del mando a distancia me suscita dudas: ¿será que mi marido es autoritario? No me pregunta si quiero ver la película hasta el final. No dice, como seguramente deben de hacer otros maridos:

—¿Apagamos ya?

Nunca pronuncia esas frases de transición que sirven para concluir y pasar a otra cosa. No dice:

—¿Nos vamos a la cama?

Sus actos no tienen preaviso: agarra el mando, apaga la tele, se levanta y sube a acostarse. No les pone palabras a las cosas. Soy yo quien debe entenderlas.

Estoy convencida de que si pusiera una cámara en el salón de Nicolas y Marie o de Lucie y Pierre, asistiría a un espectáculo muy distinto: en un momento dado de la noche, uno le pregunta claramente al otro si puede apagar la tele. O bien le avisa de que está cansado y formula el deseo de irse a la cama. Con esa cámara, quizá podría incluso observar cómo sus cuerpos se aproximan después de apagar la tele. Verlos besarse y tocarse.

Es entonces cuando mi marido me dice, con estas mismas palabras:

—Últimamente hace un tiempo de locos. Estamos a principios de junio y parece que seguimos en marzo.

Me levanto para que no se fije en mis lágrimas. Pongo agua a hervir para hacerme otra infusión. El ruido tapará el de mis sollozos de tristeza (aunque este tipo de llanto suele ser silencioso). Cuando mi marido me habla del tiempo, cuando no me coge de la mano, cuando me equipara con una clementina, cuando abre los ojos mientras nos besamos, soy tan vulnerable como a los dieciséis años, como a los seis.

«Últimamente hace un tiempo de locos. Estamos a principios de junio y parece que seguimos en marzo»: no puedo aceptar que mi marido me hable de la meteorología. No puedo aceptar que ya no tengamos nada que decirnos. No después de todo lo que me he esforzado para que tengamos conversaciones estimulantes y variadas.

«Últimamente hace un tiempo de locos. Estamos a principios de junio y parece que seguimos en marzo»: hoy ha quedado demostrado. Éramos un cohete rumbo al espacio, nuestro amor escapaba de la atracción de la tierra. Ahora, parecemos un tren de mercancías lento, pesado y monótono.

Me enjugo las lágrimas y busco dentro de mí algo que me dé ánimos para reunirme con él en el dormitorio.

Muchas veces me pregunto si mi marido se acuesta antes que yo adrede para no tener que ir apagando las luces. Para el ambiente luminoso de esta noche, he hecho lo que he podido (tres velas y una lamparita) porque la lámpara principal se ha hecho añicos contra el suelo esta tarde; por lo menos, ya no me fastidiará ninguna otra velada con mi marido por culpa de una iluminación demasiado agresiva.

Aprovecho para escribir unas líneas en la libreta. Cuento, cómo no, que hace un rato, en el sofá, apartó la mano de la mía y que se sacó el móvil del bolsillo mientras me tenía al lado. Por una vez, hallo el sosiego en las palabras.

Antes de subir, paso por el aseo de la planta baja. Una verdadera bendición. El baño de arriba está pegado a nuestro dormitorio, lo que me obliga a bajar so pretexto de ir a beber un vaso de agua o a buscar el libro que estoy leyendo; o si no, digo que se me ha olvidado encender el lavavajillas. Porque al cabo de quince años de convivencia, prefiero mentir, ponerme mala, esperar a estar en el instituto o en un restaurante, a que mi marido me oiga cuando voy al baño.

Tampoco esta vez voy a librarme. Cuando estoy intentando dormirme, me empieza a picar todo el cuerpo; es como si un insecto me recorriese la piel más rápido que yo con las uñas. Desde que conocí a mi marido, me cuesta conciliar el sueño. Mi amor nunca me pone tan ansiosa como cuando estoy intentando dormirme. Y eso que yo creía que el matrimonio sería el somnífero más eficaz: ya me veía como una joven recién casada radiante y pletórica, que por las noches se dormía en pocos minutos y rebosante de una nueva serenidad, con el cutis resplandeciente (parecido, en mi imaginación, al de las embarazadas, pero en eso también me equivoqué). Tenía puestas grandes expectativas en esa unión al pensar que borraría todos mis miedos, en particular mis temores nocturnos. Pensaba que aquel compromiso por fin confirmaría el amor que mi marido sentía por mí, lo autentificaría de una vez, como un joyero que afirmase, mientras examina un collar:

—Sí, señora, le garantizo que esto es oro.

En realidad, casarme no me sosegó. En el preciso instante en el que nos dimos el «sí, quiero», me di cuenta de que mi marido siempre podría divorciarse e irse. Entonces albergué la esperanza de que comprara una casa conmigo, y luego de que quisiera darme un hijo (convencida de que esos actos serían más sólidos que un contrato firmado en el ayuntamiento o que una promesa hecha ante Dios).

Me puse a esperar todo el rato a que llegara la etapa siguiente. Descubrí todo un mundo de pruebas de amor: con mucho compromiso, pero sin nada de amor. Y quince años después del primer encuentro, sigo durmiendo igual de mal.

Quitando los picores inexplicables y la pasión devoradora que siento por mi marido, llevo una vida de lo más normal. No hay nada que desentone. Ni incoherencias, ni manías, ni indicios flagrantes que indiquen algún trastorno de la personalidad. Llevo una alimentación equilibrada, no soy una madre que se agobie por sus hijos, no me cuesta llegar al orgasmo en las relaciones sexuales, no soy una hipocondríaca. Mis amigos me adoran, mis compañeros me aprecian, no tengo ningún fetiche sexual en particular, no me asusta quedarme sola en casa por las noches, les he perdonado sus errores a mis padres, estoy muy unida a mis hermanas, no soy envidiosa, no soy despistada, no tengo problemas con el alcohol y fumo muy de vez en cuando. Pero estoy perdidamente enamorada de mi marido y me entran picores por todo el cuerpo cuando me acuesto por las noches.

Para calmarme, he empezado a repetir en voz baja el nombre de mi marido, tres o cuatro veces, como si fuera una breve oración. Como con eso no basta, elijo una pregunta. Es un ejercicio mental que llevo practicando desde niña. Las preguntas han ido evolucionando con el tiempo, pero el proceso sigue siendo el mismo: pensar una pregunta y buscar la respuesta hasta quedarme dormida.

De pequeña, por ejemplo, me preguntaba: si tuviera que hacer una lista con mis cinco amigas favoritas, ¿a quién incluiría y en qué orden? Si pudiera cambiar a mi mamá por otra mamá, ¿a quién elegiría?

De adolescente, me sumía en otras situaciones: si durante un día pudiera comprar todo lo que quisiera, ¿a qué tiendas iría? Si pudiera intercambiar tres rasgos físicos con los de otras chicas, ¿con quién decidiría cambiarme la nariz o el culo?

De joven, los interrogatorios siguieron: si pudiera vivir en la casa de mis sueños, ¿cómo sería? Y cada noche me imaginaba una habitación distinta: la cocina, el salón, el cuarto de baño, el dormitorio… Hasta que terminaba de construir mentalmente el lugar perfecto. También pensaba mucho en el que algún día se convertiría en *el hombre de mi vida.* De noche, en la cama, trazaba su retrato: ¿mejor rubio o moreno? Y si tuviera que elegir la profesión de ese futuro marido, ¿cuál sería? ¿Actor o ingeniero? ¿Médico o músico?

Actualmente, uso varias preguntas para dormirme por las noches: si mañana me despertara siendo una niña de diez años pero sabiendo todo lo que sé ahora ¿qué haría de otra forma? ¿Y si pudiera tener un solo poder mágico?

Certidumbre: si mañana por la mañana me despertara en la vida de la niña que era a los diez años, estudiaría una carrera científica muy larga para llegar a ser astrofísica o cosmonauta, aprendería latín y griego, sería campeona de esgrima. Y por encima de todo: nada de pretendientes en el colegio, nada de novietes en la adolescencia y nada de relaciones sentimentales antes de casarme. No perdería ni un minuto más en estar enamorada.

Y esta noche lo que pienso es que si pudiera tener un solo poder mágico, elegiría el de controlar los sueños. Podría inventarme las peores pesadillas para las personas que me amenazan, colarme en la mente de mi marido para que soñara conmigo todas las noches. Le metería en el inconsciente el miedo a perderme; crearía un mundo en el que lo dejo por otro y él se muere de pena. Le mostraría mi cuerpo idealizado para que nunca dejara de desearme. Le enseñaría nuestra casa desde el mejor ángulo para que le apeteciera quedarse. Colocaría en todas y cada una de sus noches las imágenes más bellas de él y yo juntos para que siguiera queriéndome.

Pero no tengo ese poder. Así que, esta noche, le hablo mientras está dormido. Me acerco mucho a su oído para susurrarle que no podría vivir sin mí. Sé que está dormido por cómo suena su respiración, reconozco el rostro impenetrable que tiene durante el sueño. Sin embargo, sé que cuando se despierte, mis palabras habrán hecho mella en él. Es algo parecido a lo que sucede cuando un niño de pecho oye cómo sus padres se pelean o se aman: está metido en la cuna, no ve más allá de sus narices, pero las conversaciones que suenan a lo lejos le dejan huella, en algún lugar.

Ahora, la respiración de mi marido recuerda al ruido del mar: las olas de su aliento crecen, se alejan y vuelven. Sus suspiros imitan y dibujan ante mí el horizonte mientras sigo susurrándole sus sueños, que también son los míos y cuyo único testigo es la noche.

Jueves

Esta noche mi marido me ha despertado acariciándome el hombro. En la oscuridad del dormitorio le he oído repetirme varias veces que me quería. Insistía:

—Te quiero, cuánto te quiero, te quiero.

Es un sueño hecho realidad.

No he vuelto a dormirme enseguida y gracias a eso me he dado cuenta de que mi marido y yo inspiramos y expiramos al mismo ritmo. Y eso que cuando estamos despiertos no respiramos a la misma velocidad (ya lo he comprobado). No tenemos la misma estatura, sus pulmones son mayores que los míos, seguramente necesitan más aire. Nos habremos sincronizado durante la noche; mi aliento se ha acelerado mientras que su respiración se ralentizaba para fundirse con la mía. ¿Existe mayor signo de amor que dos respiraciones que se acompasan durante el sueño?

Sé que no estoy divagando. Existen artículos muy serios sobre ese tema: el hecho de vivir en pareja modifica nuestro ritmo biológico (la velocidad a la que late el corazón, el tempo respiratorio, la duración de las digestiones). De hecho, esas razones fisiológicas explican por qué a veces me resulta tan dolorosa la ausencia de mi marido: mi cuerpo tiene síndrome de abstinencia.

Esta mañana, me llevo una agradable sorpresa con la temperatura de la ducha: el agua está inusualmente calentita. Repaso lo que hicimos anoche y, en efecto, fue mi marido quien se lavó el último. ¿Habrá querido hacer lo mismo que hice yo el martes por la mañana? ¿Probar el agua como a mí gusta para sumergirse también él en mi universo acuático? Me encanta que se le haya ocurrido lo mismo que a mí. A menudo se me olvida lo atento que puede mostrarse mi marido cuando quiere.

Eufórica por la declaración de media noche y por la temperatura del agua, dejo las contraventanas cerradas y me visto a oscuras sin rechistar: mi marido ha tenido un gesto conmigo y estoy dispuesta a esforzarme a mi vez. Elijo una falda larga amarilla y disfruto conjuntando el color de mi atuendo con el del día que empieza.

Arranco el jueves amarillo con alegría. Tengo hambre. Me preparo un desayuno abundante y dulce (solo como dulce cuando me encuentro bien): dos rebanadas de pan con una gruesa capa de mantequilla y mermelada que mojo en el tazón de cacao templado. Incluso pelo dos clementinas (la alegría atenúa el resentimiento que tengo con esa fruta).

No reacciono cuando mi marido me dice algo desde el dormitorio. He oído la pregunta perfectamente, pero hago como que no; es duro, pero es lo que hay. De hecho, cuando realmente no oigo lo que me dice, no puedo evitar pedirle que me lo repita. Que unas palabras que me haya dirigido se volatilicen en el aire me resulta insoportable. ¿Y si me estuviera diciendo algo importante?

Recuerdo los telefonazos que me daba cuando se fue de viaje a Asia, a los pocos meses de conocernos. Había tan mala comunicación que en cada llamada me perdía cientos de palabras suyas. Como no podía pedirle que repitiera más que cierto número de veces (para no parecer tonta), no me quedaba otra que dejarlas atrás, abandonadas para siempre en el olvido y en los cables telefónicos submarinos, en algún punto entre la costa india y Egipto.

A las parejas que ya no se quieren, en cambio, les trae al pairo no oírlo todo. No les duele hacer como si las cosas que se dicen fueran un texto con huecos para rellenar; piensan que no es tan grave, que ya los completarán. Yo creo que la necesidad de exhaustividad es una clarísima señal de amor: no querer perderse ni una palabra.

Me vuelvo a peinar por última vez delante del espejo grande del vestíbulo. Por encima del mueble andan desperdigadas la calderilla, nuestras llaves entrelazadas en el cuenco de cerámica, un pintalabios, dos invitaciones de bautizo; y mi libreta de vocabulario científico, la que busqué por todas partes el martes. ¿Cómo se me ha podido pasar? En realidad, sí que sé por qué no la he visto, y el motivo de este despiste me hace sonreír.

La sonrisa me dura hasta el instituto. Doy las clases con convicción, me muevo con más ímpetu que de costumbre entre las filas, hablo más alto, estoy más aplicada, más implicada y también más paciente; incluso me parece que tengo un acento más fluido y que escribo más recto en la pizarra blanca. En el aula, el aire me resulta más completo y el oxígeno, más nutritivo.

A la hora de comer, mi marido intenta llamarme. No le cojo las dos primeras llamadas (vuelve a resultarme duro, pero son las reglas). Al cabo de cinco minutos lo llamo yo y hablamos de la junta de profesores que tengo esta tarde en el instituto: que no se le olvide llevar a los niños al conservatorio después de clase.

Mi buen humor es comunicativo. Me dicen que tengo buena cara, me elogian la falda. Almuerzo con una compañera que me cae bien. Hablamos de los alumnos (es interesante), de los maridos (mi momento favorito) y de los hijos (la conversación pierde el interés en el acto).

La declaración de amor nocturna de mi marido explica que esté tan alegre, pero la amplia sonrisa que luzco desde esta mañana también es un regalo del jueves. El jueves es como un segundo lunes. Es un reinicio, el final del entreacto, el nadador que da una patada contra la pared de la piscina para girar y seguir en sentido contrario, la parada para el bocadillo en mitad de la excursión.

Hasta que, al dar la una, me entra la duda. Una duda devastadora e hiperbólica. ¿Qué es lo que ha pasado esta noche? ¿De verdad mi marido ha pronunciado esas palabras? ¿No será que lo he soñado? El caso es que lo recuerdo perfectamente: «Te quiero, cuánto te quiero, te quiero». «Te quiero», y luego «cuánto te quiero», y otra vez «te quiero». Todavía oigo nítidamente su voz. No me lo ha dicho una vez, sino tres. No puedo haberme equivocado tres veces. No puedo haber estado soñando tanto rato.

Sweep me off my feet please,
Sweep me off my feet now.

Los alumnos y yo reflexionamos sobre una traducción. Es cuando el ejercicio resulta más estimulante: intentar por todos los medios traducir lo intraducible, cuando en el idioma de llegada no existe una equivalencia exacta y hay que apañar algo.

Sweep me off my feet. Si se traduce literalmente, sale «bárreme de mis pies», que no significa nada. Habría que interpretarlo más bien como «dame un vuelco», pero se pierde la noción de los pies y de sujeción al suelo. Otra posibilidad sería «hazme perder pie», pero en este caso lo que desaparece es el movimiento de caída. Es imposible meterlo todo en una sola expresión. *Sweep me off my feet:* dame un empellón. Hazme perder el equilibrio para que me caiga. Suéltame del suelo. Desarráigame. Trastoca todo lo que aún me mantenía en pie. Empújame, quiero rodar pendiente abajo y presenciar mi propia caída. Es una petición formulada en imperativo: *sweep me off my feet, please.* Hazme caer rendida a tus pies, por favor. *Sweep me off my feet, now.* Hazme caer rendida a tus pies, ya.

Esta frase cuenta el instante previo al encuentro, justo antes del vuelco, cuando se invoca al amor. Porque un encuentro amoroso nunca ocurre porque sí, por muy inesperado que parezca. Exige que estés, aunque sea de forma inconsciente, en disposición de conocer a alguien. Sobre ese estado de impaciencia debatimos los alumnos y yo.

Elijo adrede textos sobre el amor o dilemas existenciales porque los debates que generan en clase alimentan mi vida interior. Entre los quince y los dieciocho años, las emociones están exacerbadas, es la edad de las primeras pasiones. Así que mis alumnos saben muy bien de qué va la cosa. De este modo, tengo garantizada cierta cantidad de conversaciones profundas durante la semana. En cualquier otro sitio tengo la sensación de que solo hablo de logística y de cosas prácticas (vacaciones, decoración de interiores, elaboración de menús, enseñanza pública o privada). Es un hecho: los adultos, entre ellos, suelen hablar más de problemas domésticos que de metafísica.

Sweep me off my feet please,
Sweep me off my feet now.

No he elegido este texto por casualidad. Es la canción que sonaba cuando mi marido y yo nos conocimos. Yo había accedido, no muy convencida, a acompañar a una amiga para ver tocar a un grupo inglés del que nunca había oído hablar. La música estaba muy alta, nos costaba oírnos al hablar, pero cuando ese desconocido se inclinó hacia mí para decirme cómo se llamaba, me enamoré de él inmediatamente. Tenía un nombre que me parecía un buen augurio: lleno de promesas a la par que reconfortante, un nombre de novio y de marido. Nuestro primer encuentro fue tan bonito que a veces tengo la sensación de que nuestro matrimonio es el comentario infinito que lo completa.

Mientras cruzábamos las primerísimas palabras (hubo un estado del mundo en el que mi marido y yo solo habíamos cruzado diez palabras, me dan mareos solo de pensarlo. ¿Cuántas llevaremos desde entonces?), el cantante repetía, tocando *riffs* con la guitarra, esta letra que nunca he olvidado: *Sweep me off my feet please, Sweep me off my feet now.*

Esa noche, a mi marido lo acompañaba un amigo suyo. Me acuerdo muchas veces de ese hombre que tuvo la suerte de asistir a nuestro primer encuentro. Cuánto me habría gustado presenciar la escena desde su perspectiva. ¿Habría podido anticipar ya entonces lo importante que iba a ser ese encuentro en nuestra vida? ¿Existirán señales externas que permitan distinguir los encuentros sin porvenir de los que ponen patas arriba toda una existencia? ¿Estaría el aire que nos rodeaba más cargado de electricidad, listo para reaccionar a la mínima chispa?

Aquel hombre murió en un accidente de coche al año siguiente. Así que nunca pude averiguar su versión de los hechos. Se me ha arrebatado parte de la narración de nuestros orígenes, un aspecto esencial de nuestra cosmogonía amorosa. Este fallecimiento podría explicar algunas de las dificultades que hemos tenido mi marido y yo posteriormente: ¿cómo vas a saber hacia dónde vas si no sabes de dónde vienes? Así que, para paliar esa carencia, todos los años estudio con los alumnos la letra de esta canción y sigo tratando de penetrar el misterio que constituye todo encuentro.

Acabamos la traducción de los votos matrimoniales que empezamos el lunes en clase. El «I do» («Sí, quiero») siempre causa el mismo efecto, aunque me he fijado en que les llega más a las chicas que a los chicos.

—*It's a beautiful declaration of love. The woman seems very in love with her husband* —comenta una alumna.

Ha sido un acierto conservar los votos que le escribí hace trece años a mi marido: son un buen ejercicio de traducción para los alumnos y una oportunidad para repasar el uso del auxiliar. Son los votos que no pude pronunciar el día de nuestra boda, después de pasarme meses escribiéndolos y documentándome. Consulté unos cincuenta artículos, leí decenas de libros sobre el tema, vi una cantidad incalculable de comedias románticas, llegando a llenar una gruesa libreta con todas mis investigaciones y borradores; habría sido un desperdicio no aprovecharlo. Convertí un fracaso amoroso en un éxito docente: ¿a quién le va a parecer mal que sepa caer de pie? Cuanto mayor sea la implicación personal de un profesor en sus clases, mejor enseñará.

Mi marido y yo nos casamos en un castillo rodeado de viñedos. Fue la boda con la que soñaba de niña: varios cientos de invitados, el pelo rubio peinado en un elegante recogido, un vestido suntuoso que giraba cada vez que me movía, farolillos de todos los colores para iluminar las mesas en la oscuridad. Por supuesto, tenía algunos recelos: mis padres, de orígenes populares, compartiendo mesa con la familia burguesa de mi marido; aunque al final, si mis suegros se sintieron incómodos, no dejaron que se les notara.

Arrullada por el universo anglosajón, tenía mucho empeño en que mi marido y yo intercambiáramos los votos: un discurso escrito de su puño y letra en el que explicara por qué se alegraba tanto de casarse conmigo (incluso llegué a imaginarme que podríamos enmarcar ambos textos para, más adelante, colgarlos en el dormitorio). Me resultaba inconcebible que no me expresara su amor públicamente.

Como es de carácter introvertido, nunca se explaya sobre lo que sustenta la pasión que siente por mí. Entonces, ¿de qué servía casarse si la fiesta no iba a ser la ocasión para que mi esposo me declarase su amor? Ya entonces presentía que iba a necesitar aquello para las noches en que me entraran dudas.

Tardé semanas en decírselo a mi futuro marido y luego a mi familia política. Los cuatro pilares del matrimonio católico, los votos delante del sacerdote: no les concedo gran valor. Acepté acatarlos, pero no dicen nada sobre el amor, la pasión ni el compromiso. Yo quería que nos intercambiáramos los votos como en las películas estadounidenses. A mi suegra le sorprendió, no entraba en la tradición, pero se mostró receptiva. Expliqué que para mí era importante (incluso llegué a plantearme si inventar que tenía antepasados en los Estados Unidos para justificar mi apego a esa costumbre). Al final, mi familia política sugirió que lo hiciéramos antes del banquete, coincidiendo con los discursos de los testigos.

El día de la boda, al principio todo parecía ir bien: el vestido, el tiempo, mi cutis. Como estaba previsto, los testigos pronunciaron sus discursos antes de la cena, mezclando el humor con el cariño (como requiere esta modalidad). Después venía el intercambio de los votos. Mi marido se apoderó del micrófono, les agradeció su presencia a nuestros allegados y les dedicó un recuerdo a los que no habían podido acompañarnos esa noche. Tras lo cual, se volvió hacia mí:

—Para mi mujer era importante que le dedicáramos tiempo a compartir la alegría que sentimos por estar juntos. A decir estas palabras en voz alta, delante de nuestros allegados. Así sea, pues: te quiero, esposa mía. Te querré siempre. Soy el más feliz de los hombres por haber dado con la mujer más bella del mundo.

Aplausos. Lágrimas en los ojos de nuestros padres. En mi mano, los votos que había tardado varios meses en escribir. Mi marido me alargó el micrófono, pero yo no desdoblé el papel arrugado que tenía entre los dedos. Él solo había pronunciado unas palabras, habría quedado ridículo que yo leyera mi texto (había estado practicando y cronometrándome, duraba siete minutos). Así que les volví a agradecer a los invitados que hubieran venido y le dije a mi marido con demasiada sobriedad que me hacía feliz ser su mujer y que lo amaría para siempre jamás. Estaba petrificada. Ese día no pude contar nada de lo hermoso que había sido conocernos dos años antes, de las conversaciones sin fin en la terraza de los cafés durante los meses siguientes, de la noche en que me sacó a bailar entre cajas en el piso al que acabábamos de mudarnos.

«Soy el más feliz de los hombres por haber dado con la mujer más bella del mundo»: me habría gustado que se abstuviera de reducirme a mi apariencia física para elogiar mi personalidad o mi sutil ingenio, por ejemplo. Todo el mundo sabe que la belleza no dura toda la vida, al contrario que el vínculo matrimonial.

«Te quiero, esposa mía. Te querré siempre»: sobriedad y pudor. Estas dos palabras lo definen bien y, en ese sentido, los votos que hizo le pegaban mucho (si es que a eso se le puede llamar votos). Sobriedad y pudor, está bien. Pero yo soñaba con solemnidad y profusión. En ese momento se me ocurrió que quizá fuera demasiado joven e inmaduro para casarse. Si no expresaba los motivos profundos del amor que sentía por mí, quizá fuera porque aún no los había identificado. Yo le parecía guapa y angelical: ¿sería que le bastaba con eso, que no aspiraba a nada más, que ni siquiera se lo había planteado? «Te quiero, esposa mía. Te querré siempre»: muy bonito, pero me parecía un poco inane para ser una promesa de por vida. Me pregunté muy en serio si era consciente del calado que tenía el compromiso que acababa de asumir al casarse conmigo.

Se me sigue encogiendo el corazón cuando enciendo el móvil después de dar una clase y compruebo que mi marido no me ha llamado. Entonces me resuelvo a hacerlo yo. Mientras suena el tono, tensión arterial disparada, ritmo cardiaco acelerado e inyección de adrenalina en la amígdala. Cuánto necesito saberlo: amor mío, ¿esta noche me has dicho que me querías? Descuelga. Hablamos unos minutos. Finjo una actitud desenfadada para contarle la última clase de la jornada asta que me lanzo al vacío. Aludo a su declaración. Mi marido no sabe de qué le estoy hablando. Doy detalles. Llevo la humillación hasta el punto de decirlo sin ambigüedades:

—¿Esta noche me has dicho que me querías?

He aquí la respuesta. Tajante y definitiva:

—No.

Cuánto necesitaba que lo recordase. Cuánto necesitaba que fuera cierto. El problema es que oigo muchas veces a mi marido decirme que me quiere. Lo hizo el mes pasado, sin ir más lejos. Le pregunté si se acordaba de la conversación que habíamos tenido esa misma mañana en el cuarto de baño. Como él no caía en qué era, no me quedó más remedio que explicitar:

—¿Cuando estaba acabando de maquillarme me has dicho que me querías?

Mi marido me contestó, sorprendido y apurado:

—No, nunca he dicho algo así.

Mi cerebro enamorado debió de confundir «¿Estás lista?» con «Te quiero». Hay temporadas en que le oigo decirme que me quiere varias veces al día.

En ese instante, el amarillo alegría de esta mañana se me aparece tal y como es en realidad. No es el amarillo de la luz natural del día. No es el amarillo del sol y de la fotosíntesis. Es el de la iluminación artificial de una lámpara eléctrica. Es el amarillo de la mentira, el adulterio y la hipocresía. ¿Cómo he podido dejar que me cegara de forma tan tonta el amarillo alegría al arrancar la jornada?

Saco la libreta que me he acordado de traer. Y eso que esta mañana estaba flotando en las nubes, pero también debía de estar anticipando ya lo precaria que iba a ser esa felicidad, pues ya estoy acostumbrada a los súbitos cambios que sufre la meteorología amorosa de mi matrimonio. Una línea escrita a pluma y sé de inmediato a qué atenerme. Releo en el móvil el mensaje que he dejado dos días pendiente de respuesta y escribo: «Sí, estaré allí dentro de un rato, 17.30 h».

Luego saco la segunda libreta, la verde, de la que extraigo no tanto soluciones para sobrevivir a los disgustos que me da mi marido como consejos y frases inspiradoras sobre el amor: ser misteriosa, dejarle respirar, mantenerme inasequible. Las listas y los títulos que he subrayado me dan los ánimos que necesito para acudir a la cita.

El pintalabios (un pintalabios color cereza de una marca de lujo que he elegido por el nombre, *soul mate,* «alma gemela») y los tacones que repiquetean contra el suelo ya sin ningún comedimiento me proporcionan un aplomo nuevo mientras salgo del instituto. De camino, voy acordándome con pesar de que mi marido y yo nos conocimos un jueves. Cuánto me habría gustado que nos hubiésemos conocido un lunes (mi día favorito) o un viernes (mi día de la suerte), porque desde el primer momento el jueves situó la relación bajo el signo de ese color ambiguo: conocí a mi sol y ese día iba a ser un recuerdo alegre para siempre jamás; por otra parte, el amarillo llevaba implícita la advertencia de una posible traición.

Cuando llego, pasadas las cinco y media (no tengo ningún reparo en llegar tarde cuando no he quedado con mi marido), Maxime ya está sentado dentro. A pesar del calor, rehuye la terraza, donde podrían verlo (él también está casado). Me siento enfrente de él. Y ya no tengo que hacer nada más, Maxime se encarga de todo: hacerle una seña al camarero para que nos tome el pedido, reavivar la conversación cuando decae, elogiar mi falda, preguntarme si quiero tomar algo más cuando me termino lo que estoy bebiendo… Se afana en seducirme. ¿Es esa la sensación que le doy a mi marido, la de esforzarme un poco más de la cuenta, la de querer hacer un poco más de la cuenta? Sus intentos de seducción son burdos. Salta a la vista que le gusto. ¿Por qué no finge? ¿Por qué no se las da de hombre inaccesible? ¿Acaso tampoco él ha aprendido nada?

A pesar de lo mucho que se esfuerza, no consigo que me resulte interesante. Mi marido se piensa que estoy en una junta de profesores, tengo al lo menos tres horas por delante, que amenazan con hacerse muy largas si tengo que seguir escuchando a Maxime como hasta ahora. Sin querer, no paro de compararlo con mi marido. Mi marido nunca se habría referido a nuestros hijos en esos términos. Al contrario que Maxime, no dice «la pequeña» o «el mayor», sino que los llama siempre por su nombre después de haber especificado que nuestro hijo es el mayor. Mi marido nunca habría pedido un café solo a estas horas y odia las camisas de manga corta, incluso en verano. Sin querer, los cotejo: los ojos de este hombre son más bonitos que los de mi marido, pero mi marido es más alto. Haga lo que haga, mi marido es mi referencia, mi escala de valores, mi nivel del mar.

Miro a Maxime directamente a los ojos para no tener que hablar. No tengo mucho que decirle y guardar silencio siempre tendrá la ventaja de hacerme parecer misteriosa. Además, no es un espectáculo desagradable, Maxime tiene los ojos bonitos (color miel mezclado con verde). Su mirada enseguida me llamó la atención cuando lo conocí en una reunión de padres y profesores. Fue uno de los pocos hombres que acudieron.

Solo me apetece una cosa: beberme un chupito de tequila para infundirme valor. Pero estoy tomando agua con gas, no me he atrevido a pedir alcohol. Aunque esté en ayunas, no puedo desinflarme ahora. Llevo meses mensajeándome con él para coquetear. Ya he aceptado que nos tomásemos algo, tengo que ir más allá, es la regla que me he impuesto. Así que le pongo la mano en el muslo.

Con los ojos clavados en los suyos y la mano tocándole el muslo demasiado arriba le envío señales que no controlo bien. De pronto me doy cuenta de que este hombre me desea tanto que no se va a conformar con caricias en la rodilla o miradas lánguidas. Ya es demasiado tarde. Llegados a este punto, ni siquiera le atrae ya mi boca a pesar de no haberla besado nunca. Un beso sería una ganancia insuficiente para este juego que ya ha durado demasiado. Entonces, sin dejar de hablar, me va subiendo la mano por la falda hasta llegar a las bragas y las aparta hacia un lado para meterme dentro un dedo. Me pongo rígida aunque la prueba de mi excitación le corre entre los dedos.

Maxime ha hecho una reserva en un hotel cerca de la estación. Al entrar, rodeo mecánicamente la cama para dirigirme a la ventana. Observo a los transeúntes a través del cristal, a las parejas que se sientan en la terraza del restaurante de la esquina. Maxime me saca de mis ensoñaciones:

—¿A qué viene abalanzarse así hacia la ventana? ¿Estás ubicando las salidas de emergencia, como en un avión? ¿Ya quieres salir huyendo? Puedes marcharte cuando quieras, ¿sabes? No estás obligada a nada.

Bajo las sábanas, la presión de su mano contra mi brazo me sorprende. Maxime no aprieta, pero tampoco me roza: creo que me está acariciando. Mi marido no es muy táctil. No le gustan los abrazos largos y tiende a sentirse a disgusto cuando alguien lo toca. Obviamente, tenemos contacto físico, me coge de la mano y me besa en la frente; en cambio, no estoy segura de que un prolongado movimiento de vaivén por mi cuerpo para expresarme su cariño forme parte de nuestras relaciones. Mi marido hace el amor conmigo poniéndome a cuatro patas, pero creo que nunca me ha acariciado el brazo.

El contacto de la palma de Maxime me da escalofríos. Sospecho que la cosa pasará a mayores (mi cuerpo aún recuerda su dedo dentro de mí), pero, de momento, solo me está tocando el hombro y ya estoy viendo pasar ante mis ojos las situaciones más indecentes. Es absurdo pero cierto: la mano de Maxime encima de mi brazo me resulta más obscena que todas las imágenes pornográficas que hay en internet.

El sexo con él es una sucesión de sorpresas. Me sorprende mi sexo derritiéndose bajo su lengua. Me sorprende que pregunte, al ponerse un preservativo, si quiero seguir adelante.

Me sorprende la forma de su sexo dentro de mí, duro y puntiagudo como una navaja (la concha), casi cortante.

Nos revolcamos por la cama uno dentro del otro. Cuanto más hacemos el amor, más lo deseo; tenerlo dentro no satisface en absoluto mi deseo, sino que lo provoca. Nos montamos, nos agarramos y, por encima de todo, nos hablamos. Me susurra palabras guarras al oído. Que le gusta ver cómo me excito, me corro, gimo. Que le gustan mis tetas y mi culo. Me siento a gusto con esa vulgaridad suya. No tengo que hacer el amor como una señora (él no es ningún caballero). Me recuerda a los chicos del barrio con los que me acostaba de adolescente.

A Maxime no le repelen mi deseo, mis fluidos, mis gemidos ni las palabras indecentes que responden a las suyas. Sale de mi cuerpo para volver a meterme la lengua entre las piernas, y luego en la boca, luego los dedos, luego la lengua, y el sexo otra vez en mi boca. Yo no sabía que estaba permitido mezclarlo todo así, invertir el orden. Me dice que le excita ver mis uñas con la manicura perfecta encima de su sexo. Eso y también mi rotundo solitario, supongo.

Tiene la nariz hundida en mi cuello mientras está dentro de mí y la mano encima de mi cabeza. Tardo varios minutos en entender que la ha puesto ahí para protegerme. Estoy tumbada de espaldas con Maxime encima y sin darme cuenta ahora estoy rozando la esquina de la mesilla con la cabeza. Maxime me ha puesto la mano en la coronilla para evitar que me dé un golpe.

Rompo a llorar. Con un llanto que aún no conozco, que no entra en ninguna de las categorías con las que estoy familiarizada. No son ni lágrimas rojas de rabia ni lágrimas transparentes de tristeza. Estas lágrimas parecen una catarata, una de esas presas inmensas de América del Sur que no he visto nunca. Estoy llorando un continente que no he pisado nunca.

Maxime se disculpa, me alarga un pañuelo que ha ido a buscar al baño. Al cabo de unos minutos, consigo pronunciar mal que bien:

—Me has puesto la mano en la cabeza para que no me diese un golpe.

Maxime, con el sexo colgando entre las piernas, no sabe qué contestar. Se imaginaba, por mis lágrimas diluvianas, que estaba presenciando los súbitos remordimientos de una mujer casada o un ataque de ansiedad en toda regla. No entiende que una mano en la cabeza pueda resultar tan desoladora:

—No iba a dejar que te llevases un golpe…

Me ofrece un vaso de agua. A medida que bebo, me van cesando las lágrimas, como si la única solución tuviera que ser líquida (ahogar con un poco más de agua mis cataratas de lágrimas).

—A ver si vas a ser hipersensible… —acaba diciendo mientras me acaricia la espalda.

Se me relajan los músculos uno a uno, recupero la calma. Al cabo de unos minutos me tumbo en la cama del revés, con la cabeza a los pies.

—¿Te vienes conmigo al polo norte? —le pregunto a Maxime recobrando la sonrisa.

Se ríe, coge las dos almohadas y se acomoda a mi lado, después de abrir la ventana de par en par. Es un cuadro sereno: la luz vespertina se posa en la cama, los trenes de cercanías se acercan y se alejan con un suspiro periódico, el olor a tormenta sube hasta nuestra planta. Vuelvo a tener en el brazo la mano de Maxime (sigue siendo una imagen pornográfica) y el edredón contra mi piel, infinitamente suave (¿cómo puede ser tan suave la ropa blanca de los hoteles? ¿Será por las cantidades industriales de detergente que usan? ¿Por las lavadoras enormes que lo hierven todo a cien grados? ¿Por las secadoras que dejan las sábanas tan calientes como si salieran de un horno?).

Mientras la luz me acaricia la cara, me muero por una siesta que arrulle el sonido de los trenes. Maxime me da muchísimo sueño. Lo que demuestra que entre nosotros no hay nada: cuando dos personas se quieren, siguen teniendo ganas de hablar, de verse, de estar juntas. Cuando te duermes, estás renunciando a la otra persona; dormir es un poco como dejar de querer. Por eso siempre le he guardado rencor a mi marido por dormirse tan deprisa estando conmigo.

Los dedos de Maxime se apartan de mi brazo para pasearse por los pezones, alrededor del ombligo y entre los muslos. Yo también me pongo a tocarle, pero él me sujeta la muñeca.

—No te muevas, déjame a mí.

A cambio, solo me pide una cosa: dejarle que me mire mientras me acaricia. Le sostengo la mirada unos minutos hasta que me refugio en su cuello porque estoy a punto de gozar. Tengo miedo de que se pase el momento, de que se le escape entre los dedos, así que le digo que apriete más, le digo que acelere. Cuando empiezo a gemir, me ordena:

—Venga, córrete.

Es la primera vez que me dicen algo así (¿resulta razonable exigirle a alguien que tenga un orgasmo? Por lo visto, sí. El caso es que funciona). Me corro entre sus dedos, con la cabeza en la almohada. Esta vez, ni siquiera ha tenido que deslizarme las bragas piernas abajo.

Mientras me estoy abrochando el sujetador, Maxime me advierte delicadamente:

—¿Sabes que tienes un lunar preocupante en la espalda, por debajo de la cintura?

Y prosigue, incómodo:

—Yo no soy médico, pero quizá deberías ir a que te lo vieran, tiene un color raro, casi violeta.

Qué vergüenza. Maxime creerá que nadie me mira la espalda. Creerá que soy una de esas mujeres casadas cuyos maridos no las han tocado desde hace meses. Creerá que por eso estoy con él en la habitación de un hotel. Hace una foto con el móvil y me la enseña. En efecto, el lunar tiene un color extraño. Le doy las gracias y le aseguro que voy a ir al médico. Luego borro la foto de su móvil (esta es una relación adúltera, no se me olvida). Entonces, me doy de bruces con una foto de su mujer. Me disculpo por haber irrumpido así en su intimidad, no lo he hecho aposta, no se me ocurrió que al borrar la última foto del móvil aparecería automáticamente la anterior. Maxime se pone colorado y se siente en la obligación de confirmar lo que yo no me atrevo a decir en voz alta:

—Sí, es Clémence, mi mujer.

Su mujer es muy guapa (o sea, que se le puede ser infiel a una mujer muy guapa, lo cual me da un motivo más para preocuparme por mi matrimonio). Están en la terraza de un restaurante; su mujer tiene una copa de vino tinto en la mano, lleva un bonito vestido amarillo y sonríe mirando al objetivo. Mi marido no tiene ninguna foto mía en el móvil. Así que me cuesta reconstruir la escena: ¿qué sucesión de hechos más o menos casuales pudo desembocar en la existencia de esa foto? ¿Qué pudo pasar esa noche entre Maxime y su mujer para llegar a aquello? ¿Han terminado de comer y mientras esperan la carta de postres, a él se le ocurre de repente: «Mi mujer está tan guapa esta noche que tengo que inmortalizar este momento sí o sí. Quiero guardar un recuerdo de esta sonrisa y de esta luz para toda la eternidad»? ¿O sería ella la que le sugirió que le hiciera una foto para publicarla en el grupo familiar de WhatsApp? ¿O para enviársela al matrimonio amigo que les recomendó ese restaurante italiano del centro, para darles las gracias con un guiño? No, la sonrisa de Clémence es íntima, tiene la cabeza un poco ladeada, está mirando con ternura a su marido, esa foto no parece tener ningún otro destinatario que no sea él. También me fijo en que no acaba de salir de la peluquería: no le ha pedido que le haga la foto para enseñarle el nuevo peinado a una amiga. Nada de eso. Creo que Maxime le sacó una foto a su mujer espontáneamente porque le apetecía.

Mientras Maxime está en la ducha, le cojo el móvil: ¿cuántas fotos de su mujer tiene? Me refiero a fotos de su mujer, no a fotos familiares. Retratos de ella, sin los niños, de cuando están juntos, que haya hecho con el móvil por iniciativa propia sin más motivo que guardar un recuerdo suyo. Pero el móvil está bloqueado y no sé cuál es el PIN. Después de intentarlo tres veces, se bloquea durante varios minutos. Le digo unas palabras a Maxime a través de la puerta del baño antes de marcharme.

Salgo del hotel con paso alegre. He pasado un buen rato, aunque fuera *de mentirijillas*, como dicen los niños. Ha estado bien, pero no cuenta. Esta relación no será ni profunda ni productiva: de estas últimas horas de la tarde que he pasado con Maxime no saldrán ni hijos, ni boda, ni joyas.

Incluso la foto de mi espalda, único testigo de ese momento, se ha borrado. Entre él y yo ya no queda nada.

Es la triste conclusión a la que llego cada vez. Porque intento regularmente echarme un amante. Pero esas citas solo tienen un objetivo: encontrar una forma de aliviar la presión amorosa que recae por entero en mi marido repartiéndola entre varias personas.

Por eso nunca me siento culpable de ser infiel: ¿a santo de qué, si lo hago por amor a mi marido? Y además, sé ponerme límites: solo he engañado a mi marido en jueves. No en vano es el día de la traición.

Así que coqueteo por mensaje, acepto citas, me pongo un vestido bonito, me acuerdo de depilarme y, a veces, me dejo penetrar. Pero más me valdría rendirme a la evidencia: por mucho que me esfuerce, nunca he conseguido sentir nada por un desconocido. Soy realmente incapaz de tomarme en serio a ningún amante.

De vuelta a casa, conduzco tan deprisa que casi alcanzo a otro coche al frenar en un semáforo. Y después de aparcar en el sendero, tengo tanta prisa por entrar que llego al umbral sin resuello. Cuando mi marido por fin aparece, me alegro de verlo, aún más que de costumbre. Nunca lo añoro tanto como cuando paso un rato con un hombre que no es él. Mi infidelidad ha tenido el efecto inverso al que pretendía: vuelvo más enamorada de él todavía.

Sin sorprenderse, mi marido no me pregunta ni dónde he estado ni con quién (¿se fía de mí o le trae al pairo?). Le cuento la junta de profesores detalladamente, a pesar de que él no me hace la menor pregunta. Me justifico, pero él no me está escuchando. Me interrumpe para preguntarme si nos queda levadura química por algún lado.

Lo único que me apetece comer esta noche es la protuberancia que le forma el sexo por debajo del pantalón. En el mejor de los casos, lo único que ha hecho Maxime ha sido abrirme el apetito. Espero que mi marido quiera hacerme el amor cuando los niños estén acostados. Pero no dejo que se me note porque sé que mi deseo podría asustarlo. Mi libido lo intimida. La iniciativa siempre la tiene que tomar él (el deseo masculino es frágil).

Miro cómo se desnuda mi marido antes de meterse en la ducha: jersey de piqué con cuello a la caja, camisa oxford azul entallada, chinos de color beis, calzoncillos de microfibra y calcetines de hilo de Escocia. Me sé toda su ropa de memoria. Podría recitar las etiquetas con los ojos cerrados. Sé dónde y en qué circunstancias se compró cada prenda (en qué tienda, durante qué viaje, para qué ocasión). Sé qué camisa no se va a poner esta semana porque tiene el borde de un puño manchado. Esa certeza me reconforta: estoy en terreno conocido y conquistado. La intimidad de una pareja anida en la ropa. Nada causa tanto desasosiego como volver a ver a un ex y no reconocer algún elemento de su indumentaria (reconozco esos zapatos y ese pantalón, pero ¿desde cuándo tiene ese gorro?).

Jersey, camisa, pantalón, calzoncillos, calcetines: mi marido superpone capas igual que superpone misterios. Por eso cuando hace frío está aún más guapo. No es un hombre de verano. Me gusta cuando se ensancha, cuando tiene las mejillas encarnadas por el frío, los labios cortados y las manos enguantadas. Su belleza sale a la luz cuando está bien arropada. Mi marido resulta irresistible con sus jerséis de lana azul marino, mucho más que en pantalón corto y gafas de sol o con bañador en la playa. Además, cada invierno, mi marido está aún más guapo que el invierno anterior. Al conocerlo fue cuando entendí lo que significaba la expresión «un hombre que envejece bien» (¿o será una distorsión óptica de mujer enamorada?).

Ahora mismo está menos guapo que en pleno invierno, pero, obviamente, me sigue gustando. De hecho, lo conocí en el mes de agosto y no esperé hasta Navidad para enamorarme. Pero me pregunto muchas veces qué habría pasado de haberlo conocido en invierno: ¿me habría atrevido a dar el primer paso? ¿No me habría parecido que era demasiado para mí? Si me hubiese cruzado con él por primera vez un 10 de diciembre en lugar de un 19 de agosto, ¿lo habría considerado inaccesible?

A mí el invierno no me favorece. Desaparezco debajo de bufandas y abrigos que no me resaltan mucho la silueta. En cambio, el sol me sienta bien. Tengo la piel más tersa, los vestidos que llevo me permiten lucir las piernas y el olor de la crema solar casa muy bien con mi olor natural. Resumiendo: la estacionalidad de nuestras respectivas bellezas no coincide (y a menudo me pregunto: ¿no seremos demasiado distintos para ser felices juntos?).

Escucho discretamente a mi marido desde el otro lado de la puerta del baño para saber si está cantando un tema de *chanson* francesa (es lo que le viene a la boca cuando está de buen humor y hay mayores probabilidades de que me haga el amor). Luego finjo que estoy leyendo *El amante* mientras lo espero, procurando abrir el libro hacia el final (¿le impresionará lo deprisa que leo?). Al cabo de unos instantes, mi marido entra en el dormitorio. Está desnudo, con el sexo erecto. No me cuesta mucho entender que el programa para el próximo cuarto de hora no va a ser comentar lo que estoy leyendo ni un debate sobre la *nouveau roman.*

No me desnuda, nunca lo ha hecho. Me pide que me quite la ropa. Obedezco y me penetra. Me dejo. Ya he pasado la edad de hacer felaciones. Y ya hemos pasado la edad de experimentar con cosas complicadas.

Está muy duro, pero es todo su cuerpo el que está tenso pegado al mío como una larga tabla de madera. Noto cómo su sexo se aprieta contra el mío. Me concentro en su respiración para acechar cuándo se corre. Él impone su ritmo y confía en sus manos. Me acuerdo de cómo el pantalón le moldeaba su sexo hace un rato en la cocina. Lo deseo como si no lo hubiese tocado nunca.

Mi marido todavía huele a sudor aunque esté recién salido de la ducha. Ese olor persistente significa que se ha lavado apresuradamente para venirse conmigo. Estaba tan impaciente por poseerme que no se ha entretenido enjabonándose con esmero. Hace unos años, al volver de un partido de tenis, mi marido quiso ducharse antes de hacerme el amor; pero me atreví a insinuarle que me excitaba que oliese a sudor y me penetró sobre la marcha. ¿Se habrá acordado de aquello esta noche? Me conmueve que tenga ese detalle.

Bajo mis párpados se van sucediendo colores y paisajes. Cuando hago el amor con él no veo fluidos corporales ni cuerpos chocando entre sí, no veo esperma ni veo vergas: veo conceptos y colores, formas geométricas y lugares. Esta noche tocan, uno tras otro, un arroyo agreste, una naturaleza exuberante, unos acantilados abruptos y una selva tropical húmeda.

Contengo la respiración, me contengo. Me meto los dedos en la boca para no gemir. Mi marido debe de pensar seguramente que es una precaución para no despertar a los niños (por suerte, nuestra casa está diseñada para facilitarnos la vida sexual, con sus dormitorios en la planta de arriba). Pero en realidad me da miedo que el deseo que siento por él le parezca monstruoso. Tengo miedo de que mi excitación lo asquee si me corro demasiado alto.

Estoy encima de él cuando me fijo en que la bolsita de tela que está escondida debajo del colchón asoma un poco. Consigo meterla debajo de la cama con la punta de los dedos sin que él me vea. Tres pétalos de rosa, una pizca de sal gorda y una cinta roja: la receta milenaria del filtro de amor que supuestamente prolonga el deseo. No sé si creo en esas cosas. Pero en el jardín tenemos un rosal, así que sería un error prescindir de ello.

Mi marido me agarra las tetas mientras me gira hacia él, cosa que me sorprende porque nunca ha sentido especial avidez por mi pecho. De todas formas, nunca he entendido en qué consiste su deseo. Más concretamente, nunca he entendido en qué consiste su erotismo. No sé dónde se sitúa, en qué detalle, en qué olor, en qué situación, en qué prendas de encaje, en qué fantasía (al cabo de quince años juntos, todavía no sabría decir si mi marido es más bien de culo o de tetas). Esta noche noto que mi marido está muy excitado, pero no sé por qué.

¿Será que anoche tuvo un sueño erótico (lo que explicaría las palabras de amor nocturnas, aunque no las recuerde al despertar)? ¿Le habrá causado ese efecto algún escote que haya visto esta tarde en la sala de juntas o la confesión inadecuada de algún compañero? ¿Será que ha quedado con alguna amante durante la pausa para comer? ¿Habrá hecho con ella cosas que nosotros nunca hemos hecho juntos? ¿Habrá encontrado en otra cama lo que ya no le apetecía buscar en nuestro matrimonio? ¿Por eso está tan fogoso de repente? ¿O, por el contrario, será que acaba de romper con su amante? ¿Me estará diciendo a gritos con estas penetraciones reiteradas lo desesperado que está de no volver a tocarla nunca más? Una posibilidad más: ¿será el resultado de una especie de instinto viril que le ha despertado el olor de Maxime en mi piel? Ya me había fijado en que mi marido siempre me hacía el amor los días en los que me había acostado con otro hombre.

Le hundo la nariz en el cuello para acechar en su piel el olor de otra mujer. No hay nada. Mi marido no tiene ninguna amante. Y en lo más hondo de mí misma, lo sé muy bien. Pero incluso cuando está metido dentro de mí, mi marido me resulta inaccesible. Incluso aquí, sigo añorándolo muchísimo. Cuando sale de mi cuerpo deja una llaga abierta, un vacío espantoso, una herida a punto de infectarse.

Viernes

Sentada a la mesa del desayuno, analizo la geografía de nuestros cuerpos. Me doy cuenta de que me inclino en dirección a mi marido cuando me dice algo. Es mi cuerpo y no el suyo el que se desplaza: cambio de posición, me acerco, retuerzo el cuello. Mi marido permanece con la espalda totalmente recta y con la mirada al frente mientras come. Yo estoy cojitranca y desequilibrada.

Esta verdad me llama la atención cuando nos ponemos de pie para servirnos más café: la silla de mi marido está perfectamente centrada. La mía, en cambio, está girada hacia la izquierda, apuntando hacia la de mi marido.

Estoy convencida de que si dibujara un mapa de mis micro desplazamientos cotidianos, el trazado revelaría la siguiente disposición: mi marido es el sol en torno al cual gravita la mayor parte de mis movimientos. Voy a recibirlo al vestíbulo cuando vuelve por las noches, voy a sentarme a su lado en el sofá, me acerco cuando me dice algo desde la cocina y yo estoy en el salón. Por él, cambio de habitación. Por su culpa siempre soy la última en levantarse de la mesa. Apago las luces, lo sigo por la escalera, me quedo en su sombra, voy a la zaga. A mi marido, en cambio, no le influyen mis propias idas y venidas. Mi fuerza gravitatoria nunca es tan potente como para desviarlo de su trayectoria.

¿Qué leyes físicas deciden nuestro recorrido por el espacio? ¿Qué determina nuestra velocidad y nuestra fuerza? ¿Cuál es la fórmula? Cuando quedo con Lucie los sábados por la mañana para jugar al tenis, nuestros cuerpos se encuentran a medio camino: cruzo la puerta del club, la veo sentada en una butaca cerca de la recepción, ella me ve a su vez, se pone de pie y se dirige hacia mí mientras yo hago otro tanto. Nuestro punto de contacto se sitúa en el centro del vestíbulo, lo cual me parece una forma perfectamente saludable de moverse. ¿Por qué las leyes que rigen mis desplazamientos con Lucie son distintas a las vigentes con mi marido?

Mis hijos comen en silencio, con la mirada aún dormida y el pijama arrugado. Tan solo el ruido de las cucharillas y de los tazones que vuelven a dejar en la mesa siguiendo un ritmo regular compone una música irritante. Los observo mientras se comen las rebanadas de pan y se cuchichean cosas al oído. Tienen las sillas tan juntas que están casi pegadas.

Odio a los niños que hablan demasiado alto. El nivel sonoro socialmente aceptable por debajo de los doce años siempre me ha parecido excesivo. So pretexto de que son niños, de que su voz aún no se ha desarrollado del todo, por lo visto pueden hablar más alto que los adultos. Al menos, una cosa he hecho bien en la educación de los míos: mis dos hijos hablan muy bajito. Incluso cuando eran pequeños, mi casa nunca ha estado rebosante de gritos.

Mi marido me informa de que esta tarde tiene intención de ir a nadar otra vez al salir del trabajo y que luego ha quedado a cenar con un ex compañero que está de paso en la ciudad. Muestro una actitud fría e impasible (para que no se dé cuenta de que me importa), pero me quedo mirando fijamente (como si fuera un salvavidas en pleno naufragio) el móvil que me he vuelto a dejar encima de la mesa de la cocina. Me había prometido dejar de hacerlo, pero cada vez me cuesta más creer en mis buenas resoluciones, en especial cuando mi marido me anuncia cruelmente que no va a pasar la velada en casa.

Menos mal que este desayuno es un rato tranquilo, cosa que me permite escuchar atentamente los comunicados de mi marido (la piscina y la cena). Me concentro en sus palabras para tener la esperanza de no sentir más tarde la necesidad de rememorarlo, de recrearme toda la escena.

En nuestro dormitorio, la ropa de mi marido está por el suelo en un rincón y su toalla, aún húmeda, encima de la cama. La recojo y la cuelgo. No hago ningún comentario sobre que sus cosas estén tiradas por ahí. Tampoco digo nada sobre el desorden del baño, de la mesa del desayuno que ha dejado sin recoger, de sus cenas fuera de casa, de sus tardes en la piscina. Nunca ningún reproche de esa clase. Me niego a que nos entreguemos a unas discusiones tan conformistas.

De hecho, discutimos poco. Puede que sea eso lo que nos ha faltado. Y eso que me encantan los conflictos, los platos rotos y los portazos. Las convivencias tranquilas siempre me han parecido carentes de interés. De las parejas que no discuten nunca se desprende una sensación como de gama baja y siempre he sospechado que se querían menos. Y sin embargo, siempre me he opuesto también a las peleas corrientes. Que mi marido no friegue los cacharros después de comer o que no sepa plancharse una camisa es un fastidio, pero también un obstáculo que imagino que podré superar; en cambio no creo que pudiese soportar una discusión tan banal y por un motivo tan trivial. Si discutimos, que al menos sea por una cuestión de celos o profundas dudas, de drama existencial y replanteamientos dolorosos. Creo que para una pareja es esencial que las discusiones hablen de amor.

Escucho la radio por encima mientras limpio la mesa del desayuno, pero me está costando salir de la noche. Estoy aún en ese estado de irrealidad que persiste cuando me despierto demasiado deprisa y lo que estaba soñando se solapa con la jornada que arranca.

He vuelto a soñar que mi marido era un caballero andante y yo, su prometida. En el sueño, mi marido afronta una serie de pruebas para poder llegar hasta mí: luchas con espada, dragones, duelos, carreras a caballo, justas poéticas y precipicios peligrosos.

En el sueño siempre sucede lo mismo. Mi marido supera todos los obstáculos que se alzan ante él. Se enfrenta a sus oponentes con éxito; es un caballero fuera de lo común y un cortesano sin igual. Lo malo es que en cada prueba, la victoria marca el inicio de la prueba siguiente. Él avanza sin tregua, las va superando todas, pero acaba muriendo de agotamiento, presa de un torneo amoroso perpetuo.

Solo que, por primera vez, el sueño no ha terminado así. Esta noche, mi marido ha sobrevivido. Al comprender que la victoria era inalcanzable, que se trataba de una trampa, se ha retirado de la competición y se ha marchado. No me gusta ese sueño, pero es un sueño recurrente, y se supone que el desenlace de un sueño recurrente no puede cambiar.

Me sirvo otra taza de café. El sueño se disipa y el difuso sentimiento que lo acompaña pierde intensidad hasta desaparecer del todo para darle paso al viernes.

El viernes no es propicio a la concentración. Es un poco como volver todas las semanas a la despreocupación de las vacaciones de verano, un día volátil como un gas y regresivo como el puré casero. Resulta difícil trabajar en viernes, aunque esté enfrascada en mi manuscrito. ¡Si al menos pudiera encontrar una traducción satisfactoria para el título de la novela! *Waiting for the day to come…*

Menos mal que el viernes es mi día de la suerte gracias a su color, el verde. No es solo una superstición, hay hechos que no engañan. Siempre que lo he necesitado de verdad, he buscado algo verde a mi alrededor, en un objeto próximo o en el paisaje: si lo encontraba, sabía que el resultado me sería favorable. El día que di a luz a nuestro hijo, estaba aterrorizada. Mi marido se reunió conmigo en el hospital y llevaba la camiseta verde: el parto fue muy bien. El día que visitamos por primera vez esta casa que iba a convertirse en la nuestra, las contraventanas verdes me confirmaron que era la elección correcta. El día que teníamos cita para firmar la compraventa de la casa, la puerta verde del notario, en la que no me fijé hasta que salimos, debería haberme tranquilizado sobre el hecho de que mi marido ya estaba dentro. Si viví una infancia tan feliz, estoy convencida de que en parte fue gracias a los ojos verdes de mi madre. Pero el verde a veces se me puede revelar de forma indirecta: la noche que conocí a mi marido, el grupo inglés que estaba tocando se llamaba The Green Peas.

Se me queda perdida la mirada por la ventana, por el césped que reverdece con el rocío, por las hojas que se agitan con el viento, ese verde omnipresente que me trae más suerte que ningún otro color. ¿Y si se pudiera explicar con la física? Tras unas cuantas búsquedas en internet, descubro que su espectro cromático corresponde a la longitud de onda 525. Cómo no. Me crie en la calle Victor Basch número

52 y nací en Doubs, que es el departamento 25. 525. Las mejores explicaciones siempre son las más racionales.

Siempre he visto los días de colores. De hecho, es así como me ubico en el tiempo. Cuando concierto una cita en algún sitio, rara vez tengo que apuntarla: veo mi horario en forma de friso colorido.

Cuando era pequeña creía que a todo el mundo le pasaba lo mismo; me figuraba que los matices de colores debían de ser distintos para cada persona, pero que cada una tenía su propio arcoíris mental. Fue en primaria donde descubrí, de forma bastante dolorosa, por cierto, que no era así. Dije «verde» en lugar de «viernes» para preguntar cuándo era la excursión escolar que esperaba con impaciencia. La profesora se rio del lapsus y cuando me corrigió yo traté de explicarle que, de todas formas, venía a ser lo mismo, convencida de que era obvio para todo el mundo que el viernes era verde. Risas en las filas y trato humillante de la profesora que explicó delante de toda la clase que confundir los colores y los días de la semana a los siete años era algo muy grave: ¿acaso me apetecía volver con los parvulitos? Se había tomado mi observación como una insolencia y me había regañado como correspondía. Durante varias semanas me estuvieron llamando bruja y mentirosa, y diciéndome lo rara que era.

No me di cuenta hasta mucho más tarde de que esa percepción cromática del tiempo también influía en mi percepción visual. Tardé mucho tiempo en formulármelo claramente, aunque algunos indicios deberían haberme orientado: el tono de un pintalabios me iba a parecer apetitoso y sensual un jueves por la noche, pero soso e insípido un domingo por la mañana; hay vestidos que solo me pongo los miércoles y otros, solo los viernes. El martes, día del negro, me fijo más en las sombras y el claroscuro (tengo la sensación de estar viviendo en un cuadro de Caravaggio y me he planteado seriamente si el pintor italiano solo pintaría cuadros en martes). Y entonces llegó aquella exposición dedicada al pintor David Hockney, hace diez años. Maravillada, me empeñé en volver a visitarla al día siguiente. Pero los cuadros me parecieron muy distintos a los que había descubierto la víspera. Me seguían gustando, pero algo había cambiado. Me costaba tanto creer lo que estaban viendo mis ojos que fui a recepción a preguntar si habían cambiado la iluminación durante la noche. Fue ese día cuando lo entendí.

Ahora sé que el lunes los objetos azules aparecen con más intensidad en mi campo visual y que el miércoles le toca al naranja. El martes me pasé mucho rato buscando la libreta amarilla, la de vocabulario científico para las traducciones y fui incapaz de dar con ella. El jueves encontré la libreta encima del mueble del vestíbulo: como era de esperar, tuve que esperar al jueves para ver aparecer ese objeto amarillo. Es como si cada día de la semana me pusiera un filtro delante de los ojos (una cámara con un grano solo suyo o un carrete con una sensibilidad concreta a la luz). Todas las mañanas, para mí todo el paisaje cambia ligeramente de tonalidad.

Llevo varias horas trabajando con la traducción cuando el título se me ocurre de pronto, al cambiar de capítulo. La espera, el movimiento, la inminencia, el amanecer, los puntos suspensivos, la poesía. Lo tiene todo. *Waiting for the day to come...* Esperando el día que ya llega.

Cinco indicios para saber si tu chico te engaña, las tres cosas que debes hacer para que esté loco por ti, los diez secretos de las parejas duraderas: me demoro de preferencia en los artículos con un titular prometedor. Ya que no logro concentrarme en la traducción, al menos le sacaré provecho al resto del día. Y como el viernes es el día de Venus, la diosa del amor, no me siento culpable por dedicarle parte de la tarde a mi formación amorosa en internet.

Pago por acceder a ciertos contenidos. Miro atentamente varios vídeos, ojeo listas de consejos y de ejercicios en varias revistas femeninas. Un test en línea me señala que mi matrimonio está en peligro y que debo retomar las riendas enseguida. Con tanta cosa, al final acabaré aprendiendo alguna lección: dejarle mucho espacio a mi marido, ser distante para cultivar el misterio, ponerlo celoso, no sincerarme con mis sentimientos para no asfixiarlo, no agobiarlo con un exceso de emotividad y sentimentalismo, y por encima de todo, no descuidarme físicamente.

Lo que más se repite es la necesidad de ser misteriosa: no desvelarlo todo. Las consignas son: ser fría, inaccesible y distante. Es cierto que ahora que los niños han crecido me resulta más fácil ausentarme. Pero la mayor parte del día sigo en arresto domiciliario. En la vida cotidiana no me queda más remedio que estar presente y disponible: estoy delante de la verja del cole para recoger a los niños, en el cuarto de cada uno para comprobar los deberes, en la cocina preparando la comida, en nuestra cama durmiendo, en casa de mis suegros los domingos a mediodía, con el móvil cerca para saber si tengo que ir a recoger a los niños al conservatorio o si se encarga mi marido. Esa es la verdad: soy una mujer de fácil acceso. Por motivos logísticos obvios, el comportamiento misterioso que me recomiendan adoptar es difícil de mantener cuando tienes marido y dos hijos.

Obviamente, diversifico las fuentes: revistas femeninas, psicología, estudios estadísticos, astrología, astronomía, filosofía política, desarrollo personal, estilismo, ciencias del conocimiento, historia, decoración, sociología, jardinería, antropología, geografía: me interesa todo lo que me pueda resultar útil para dirigir mi vida amorosa.

Esta libreta verde de aprendizaje amoroso no es mi única libreta. Tengo unas cuantas más, que me son muy queridas, cada una con una función propia. Hace unos años, por ejemplo, empecé a escribir una libreta musical. Como la música que escucha mi marido me proporciona indicios muy válidos sobre su estado de ánimo, decidí recopilar minuciosamente todos esos datos. Por ejemplo, cuando tararea temas de *chanson* francesa, significa que está de buen humor; su consumo de *chanson* francesa también guarda relación con su nivel de excitación sexual. La música brasileña es indicadora de que se encuentra tranquilo y sereno. En cambio, cuando escucha pop, rara vez está de buenas: se vuelve frío y distante, y la letra de las canciones suele ser un ataque personal.

Escribir en las libretas me reconforta y me ayuda a mantener el control. Consulto la libreta de aprendizaje amoroso en los momentos de duda. Ayer, antes de la cita con Maxime, las frases inspiradoras sobre el amor duradero me dieron ánimos para acudir. Sabía que estaba engañando a mi marido por una buena razón (tener un amante contribuye a que resulte más inaccesible y misteriosa). Sabía que seguía el rumbo correcto.

Por supuesto, esta libreta también es un doloroso recordatorio de mi situación de eterna principiante. Por supuesto que también deja constancia de un fracaso. Me entristece hacer una lista de las reglas que debo seguir para que el hombre que comparte mi vida siga estando enamorado de mí. ¿Por qué estoy condenada a la inexperiencia de las primeras relaciones con cuarenta años?

En temas de amor, nunca he aprendido nada. Llevo repitiendo el mismo esquema desde la adolescencia: amo tanto que me consumo en mi propio amor (por los análisis, por los celos, por las dudas): tanto es así que cuando estoy enamorada también acabo estando un tanto mohína. Cuando amo, me vuelvo seria, triste e intolerante. Coloco una sombra severa por encima de mis relaciones amorosas. Amo y me gusta que me amen con tanta solemnidad que ese amor enseguida acaba siendo agotador (para mí y para el otro). Resumiendo, lo mío son los amores desgraciados.

Adrien, Antoine, Arnaud: siempre he tenido unas ganas de amar tan tremendas que, fuera quien fuera el destinatario, yo amaba con igual intensidad. Para consolarme de uno pasaba a los brazos de otro, incapaz de estar sola. Mi dependencia del amor, más que de cualquiera de aquellos chicos, era la única constante.

Mi inagotable necesidad de amor les provocó reacciones opuestas. Algunos se la tomaban como una prueba excesiva pero reconfortante de apego. Otros, más bien como una responsabilidad espantosa y culpabilizadora. Pero en todos los casos mis relaciones amorosas se saldaban con un fracaso. Por eso, cuando conocí a mi marido, ese *husband material* perfecto, decidí ocultar cualquier muestra de dependencia. Acababa de cumplir los veinticinco y ya no podía permitirme el lujo de echarlo todo a perder expresando demasiado a las claras cuáles eran mis intenciones (encontrar al hombre de mi vida). Actualmente ya he aprendido a ocultarlo, sé fingir mejor, pero en el fondo solo hay una cosa capaz de sacarme de la cama a cualquier hora del día o de la noche: el amor. Nunca he logrado diversificar mis focos de interés.

Este esquema amoroso me ha condenado a mezclar amor y llanto. No me libré ni el día de mi boda. Tuve que alejarme entre las vides para llorar en mitad del convite. Recuerdo que la música y las luces de la pista de baile enseguida dieron paso al silencio y la oscuridad. Bajo mis dedos, las uvas verdes y translúcidas. Mi madre debió de ver cómo me marchaba del convite porque de pronto estaba detrás de mí. No parecieron sorprenderla las dos lágrimas transparentes que yo tenía en las mejillas, quizá porque está socialmente admitido que una novia llore el día de su boda (una saturación de emociones positivas, supongo). Pero sus palabras no fueron en ese sentido:

—A ti el amor te pone triste, eres como tu madre —murmuró mientras me abrazaba con todo el cariño que cabe en el mundo.

Apenas llevaba casada unas horas y el amor que sentía por mi marido ya me resultaba doloroso y me enteraba, como Fedra, de que quizá se tratase de una tara hereditaria.

Me subo a una silla para alcanzar los productos de cuidado capilar que tengo escondidos en lo alto del aparador, donde mi marido no pueda verlos. Una caja de zapatos con una mascarilla aclarante, un tratamiento para cabello teñido y un champú a la camomila para cabello rubio. Seguir siendo rubia cuando has nacido con el pelo castaño requiere cierta dedicación.

Cuando conocí a mi marido, llevaba un rubio deslumbrante. Me había aclarado el pelo a principios de verano, y el sol y el mar se encargaron de acentuar mi nuevo color. Cuando mi marido se alejó para pedir otra bebida en la barra, el amigo que lo acompañaba se me acercó y me dijo:

—¡Hay que ver lo que le gustan las rubias, parece que tú le has hecho mella!

Y, en efecto, posteriormente descubrí que todas sus exnovias lo eran, salvo una española de tez morena (su color de pelo no me dejó pegar ojo durante semanas: ¿significaba que la quería más que a las otras?).

Después de conocernos, ese malentendido me obligó a conservar el rubio con productos aclarantes que tengo escondidos para que mi marido no sospeche nada. Tampoco le digo que cuando voy a la peluquería es para teñirme o hacerme unos reflejos. No sé si mi marido sabe cuál es mi color natural. Hace nueve años renové el pasaporte. En el color de pelo indiqué que soy rubia.

Me aplico el producto que supuestamente sirve para que el color sea más duradero (ojalá fuera tan fácil conseguir un matrimonio duradero) y lo dejo actuar mientras deambulo por la casa. Espero. Espero a que el producto haga efecto. Espero a que por fin sea la hora de ir a mirar el correo.

Empiezo por vaciar el joyero para abrir el doble fondo. Dentro están la llave del buzón y mi primer anillo de compromiso. Un diamante falso enorme, brillante y rotundo que me compré por diecinueve euros con noventa y nueve céntimos para mi vigésimo segundo cumpleaños. Me moría por tenerlo desde hacía meses. Un capricho, puede que una rareza mía. ¿Estaría mal visto que jugase a dármelas de mujer casada? Me tranquilicé diciéndome que era una extravagancia inofensiva: no estaba perjudicando a nadie. No está prohibido llevar un solitario en el anular si te apetece.

Esa rareza mía, sin embargo, tiene una explicación. Porque existe una expresión para describir cuál era mi estado de ánimo de entonces: quería que mi vida tomase forma. Quería que se transformase en algo duradero y firme. Al igual que la arcilla se va secando para volverse cada vez menos moldeable, yo también quería secarme y endurecerme. Veía cómo la vida de mis amigas se estabilizaba mientras que la mía seguía siendo incierta: relaciones de amistad frágiles, planes profesionales aún indeterminados (¿dedicarme a la enseñanza o lanzarme a hacer una tesis sobre literatura inglesa?), cambios recurrentes en la forma de vestir (como atestigua mi armario). Y, por encima de todo, no había encontrado al hombre de mi vida (y no había a la vista ningún candidato con potencial para ser un *husband material* digno).

Para no impacientarme mientras esperaba a que mi vida tomase forma, me regalé ese solitario. Me lo ponía para ir a la compra o salir a correr. Causó efecto desde el primer día. Así que mi intuición tenía fundamento:: pagar en la caja y sudar en un parque cobraban, en efecto, una dimensión muy distinta con un anillo en el dedo. De pronto, las tareas más ingratas me resultaban mucho más llevaderas. No sabría explicarlo pero mi supuesto estatus de mujer casada por fin le gritaba al mundo que mi existencia valía para algo. La transformación se produjo en los ojos de los demás: piensan que alguien me está esperando, que tengo algo mejor que hacer en otra parte. Obviamente, para ir a los sitios donde tenía posibilidades de encontrar un potencial marido, no me lo ponía.

Al cabo de tres años conocí a mi marido. Al cabo de dos años, me regaló uno auténtico para pedirme en matrimonio y pude dejar de lado el anillo del diamante falso. Él sabía que yo quería un solitario con engaste tipo catedral, no podía equivocarse. Así pues, mi anillo de ahora es casi idéntico a aquel anillo de impaciencia que me había comprado yo. Desde entonces lo guardo en el doble fondo del joyero y de vez en cuando lo saco con un poco de nostalgia. Lo observo atentamente haciéndolo girar a plena luz: es bonito para ser una imitación, pero prefiero el auténtico.

Las tres de la tarde. Es la hora con menor tránsito en el barrio. Los vecinos que comen en casa ya han vuelto al trabajo. Aún es pronto para que los directivos acaben la jornada laboral, aunque sea viernes. Los que se han adelantado para irse de fin de semana ya se han marchado: llenaron el maletero para ir a la casa de campo poco antes de las dos.

La calle está vacía. Saco la llave de su escondrijo, cruzo el jardín y abro el buzón furtivamente. Inspecciono el contenido por encima: es inofensivo (impuestos, mutua y bancos). Luego vuelvo a cerrarlo dejando el montón de cartas como lo encontré.

No me ha visto nadie. He hecho bien en esperar. El lunes pequé de imprudente al ir media hora antes y dejé que me pillara un vecino. Me he tomado ese incidente muy en serio: tengo que mantenerme fiel a los mismos rituales. Cuando no respeto las reglas que me he impuesto, cometo ese tipo de errores: aparentemente anodinos, pero que algún día podrían ponerme en un compromiso. El lunes, mientras cenábamos, mi marido me informó de que se había encontrado el buzón abierto. Se me heló la sangre en las venas, pero no me costó fingir:

—Con lo despistado que eres, no me sorprendería que se te hubiera olvidado cerrarlo el sábado —contesté.

—Sí, tienes razón —admitió mi marido.

Esta vez, me había librado.

Se supone que yo no debería tener esa llave. Las cosas se fueron organizando de tal forma que no la necesito. Es mi marido quien recoge el correo a la vuelta del trabajo. Llega con ambas manos ocupadas, los sobres de un lado y la barra de pan del otro, cosa que siempre me dificulta un poco abrazarlo.

Durante años fui yo quien iba a recoger el correo. Le presté la llave hace tres años. Me iba a marchar todo el mes de julio de vacaciones con los niños mientras él se quedaba en casa. A la vuelta no se la pedí y así fue como se produjo una transición silenciosa.

El año pasado, empecé a agobiarme de golpe por la diligencia con la que mi marido abría y cerraba el buzón: ¿por qué tenía tanto empeño en encargarse él del correo? ¿Por qué, con lo despistado que es, nunca se olvidaba de hacerlo? No supo contestarme. Me pasé meses preguntándome si mi marido se estaría escribiendo con otra mujer o si recibiría cartas anónimas (de alguien que supiera de una relación antigua o un hijo ilegítimo y estuviera intentando chantajearlo). Eso explicaría por qué, cuando le planteé la idea de hacerme un duplicado de la llave, él tan solo se encogió de hombros y contestó que no hacía ninguna falta.

Así que me vi obligada a establecer una estratagema eficaz pero engorrosa. So pretexto de haber perdido las llaves de casa un día en que mi marido estaba de viaje, fui a buscar el duplicado que guardan sus padres, incluido el del buzón, como yo ya sabía. Mandé hacer una copia y desde entonces la tengo escondida en el joyero. Aquella misma noche le mencioné el incidente a mi marido cuando hablamos por teléfono. Le expliqué que había encontrado mis llaves debajo del asiento del coche. No pareció sospechar nada. Puede que no se acordase de que entre las copias que tienen sus padres también está la de la llave del buzón. Desde entonces, compruebo el correo regularmente y me agobio mucho menos: no hay chantajistas en la costa ni ninguna carta de amor que señalar.

De vuelta en casa, empiezo por su maletín. Luego paso a los bolsillos de los pantalones. Desdoblo todos los tiques de compra arrugados. Leo la hora, la fecha, el lugar y el importe. Por desgracia, esos detalles no me aportan nada porque no soy lo bastante rigurosa para cruzar los datos: no consigo establecer si las comidas y las citas de las que me ha informado coinciden con las de mis indagaciones. Así que me limito a comprobar que no ha estado en otra ciudad sin habérmelo contado ni pagado algún importe fuera de lo habitual.

Me topo con el tique de compra de la quesería del centro con fecha del domingo pasado. Mi marido se gastó 75,23 euros. Una buena cantidad, superior a la de la semana anterior (cuanto más se gasta en la compra, más me parece que me quiere). Nata y leche, huevos para sus tortillas, queso *comté* para mí, de oveja para los niños y de cabra para la ensalada, el roquefort de la salsa que preparó el jueves: suficiente para aguantar más de una semana. Diez días por lo menos. El tique de compra de un padre de familia (aparecen los quesos favoritos de cada uno de nosotros). El tique de compra, también, de un hombre que no repara en gastos (me imagino que arrugó el papelito distraídamente antes de metérselo en el bolsillo de los pantalones al salir de la quesería, sin ni siquiera mirar el importe). El tique de compra, en definitiva, de un hombre que quiere a su mujer y que no tiene previsto dejarla la semana siguiente, puesto que ha comprado queso para diez días.

Por último, su ordenador. Lleva años sin cambiar la contraseña. Siempre lo dejo para el final porque es lo que más me molesta registrar. Se me revuelven las tripas de leer su correo electrónico. Sé que mi matrimonio depende tan solo del siguiente mensaje.

Ahora, desde el ordenador puedo acceder a todo lo que tiene en el móvil: está todo conectado en una única cuenta, lo que me supone un ahorro de tiempo tremendo. No leo en detalle lo que le escribe a la familia o a los amigos. Esas conversaciones forman parte de su vida privada. En cambio, ojeo atentamente los mensajes dirigidos a otras mujeres o a las personas que podrían servirle de coartada: a Zoé, nuestra canguro; a Maud, la profesora de piano de nuestra hija; a Sylvie, la madre del mejor amigo de nuestro hijo; a Damien, un compañero de la oficina de Milán; a Serge, el amigo con el que a veces va a nadar. También le echo un vistazo a las últimas direcciones del GPS: ningún hotel en el campo ni ningún restaurante romántico con vistas panorámicas.

Todo va bien. Vuelvo a respirar. Cada semana, la preocupación sigue intacta. Y eso que debo admitir que al cabo de quince años de convivencia nunca he descubierto nada dramático: ni páginas de citas extraconyugales en el historial ni prostitutas en el listín de contactos. Ninguna amante ni tampoco ningún mensaje inapropiado de mis amigas más íntimas.

En cambio, sí que he llegado a encontrar conversaciones en un tono más familiar de la cuenta o mensajes dirigidos a mujeres que yo no conocía. En el mejor de los casos, me enteraría varias semanas después de quién se trataba porque mi marido me lo contaría espontáneamente: la mujer de un amigo, una excompañera o una conocida a quien le interesaba algún cargo en su empresa.

Hace unos meses, me topé con los mensajes que había intercambiado con una tal Éléonore que le proponía hablar rápidamente por teléfono. Lo que yo decía: preferían llamarse para no dejar ninguna prueba por escrito. Me pasé varios días con sensación de náusea. Hasta que una noche, mientras cenábamos, me comentó como si tal cosa:

—Por cierto, estoy en contacto con Éléonore, la mujer de Valentin, ¿la recuerdas? Me llamó porque está organizando una fiesta sorpresa para celebrar que cumple los cincuenta. Le gustaría que me encargase de localizar a los antiguos compañeros del equipo de Oslo. Qué detalle, ¿verdad? La fiesta será a finales de febrero, espero que no coincida con la fiesta de tu editorial. Es el 15, un sábado por la noche, ¿podrías comprobarlo?

Obviamente, preferiría que mi marido llevase un diario íntimo: me bastaría con leerlo para enterarme de lo que piensa en el fondo y no tendría que dedicarme a rebuscar entre sus cosas. Me ahorraría muchísimo tiempo.

El principal problema que plantea esta costumbre es, obviamente, el de las sorpresas. Mi marido nunca ha podido organizar nada para mí sin que yo me enterase de antemano. Hoy tampoco falla. Me topo con dos billetes de avión para ir a Venecia a principios de agosto. Ahora solo me queda esperar a que me lo anuncie y hacerme la sorprendida. Aunque me fastidia un poco porque yo habría preferido volver a Roma. Compruebo los detalles de la reserva: los billetes aún se pueden cambiar durante un mes. Solo me queda sugerirle sutilmente que estoy deseando ver otra vez el Coliseo, o recordarle que nunca hemos ido al Vaticano. Para sacar el tema, a lo mejor podría proponerle ver juntos *Vacaciones en Roma*, que es una de mis películas favoritas.

Al leer el mensaje de la compañía aérea (que no resulta nada asequible en esta época del año, mi marido debe de quererme realmente muchísimo), me pregunto si mi marido habrá tenido que comprobar mi fecha de nacimiento al hacer la reserva. ¿Se la sabrá de memoria? ¿La habrá indicado en el formulario sin preguntarse nada, con la misma naturalidad que si fuese la suya? El asunto de la fecha de nacimiento me puso en un aprieto hace unos años. Yo tenía que pasar una semana en Nueva York con mi editor para ver al autor de las novelas policíacas cuyo libro iba a traducir. Solicité el visado, una mera formalidad. Sin embargo, pocos días antes de salir de viaje, casi me tengo que quedar porque en el formulario oficial había indicado la fecha de nacimiento de mi marido en lugar de la mía. Ni siquiera me sorprendió la equivocación. Es un error que casi no me extraña viniendo de mí.

A veces me pregunto si debería sentirme culpable por registrar las cosas de mi marido. Pero siempre llego a la conclusión de que no, por una sencilla razón: me encantaría que él hiciera otro tanto. Por fin tendría una prueba de que siente celos y la confirmación de que me tiene apego. Por desgracia, me consta que no lo hace.

Mi marido nunca ha leído la carta de amor que describe con palabras descarnadas una pasión devoradora extramatrimonial. La escribí únicamente para comprobar si registraba mis cosas. La fui colocando por toda la casa (debajo de mis fulares en el cajón de la cómoda, dentro de una caja de zapatos en el vestíbulo, en una cesta de mimbre debajo de mi mesilla de noche, entre las páginas del libro más gordo de la biblioteca), pero mi marido nunca la encontró. O mejor dicho: nunca se tomó la molestia de buscarla. Ni aun estando colocada ostensiblemente encima de mi escritorio desde el martes (no hay nada más expuesto) ha llegado a tocarla. Lo sé porque he colocado un pelo entre las páginas y he vuelto a cerrar el sobre de tal forma que puedo saber de un vistazo si mi marido la ha abierto (he doblado discretamente los bordes). Pero, ay, mi marido no siente curiosidad por mí. Me duele tanto constatar este hecho una y otra vez que me he impuesto una regla: no comprobarlo más de una vez por semana. He elegido el martes.

Si algún día mi marido se tomara la molestia de abrir la carta, sé lo que le respondería. Ya tengo escrito el guion. Él estaría loco de celos (un espectáculo que estoy deseando presenciar, aunque solo fuera una vez en la vida) y yo le replicaría como si me hiciera gracia que esa carta no era mía. Sí que está escrita de mi puño y letra, pero se trata de la traducción de un pasaje de la correspondencia de una poetisa inglesa del siglo XVII con su amante; le explicaría que en un momento dado mi editor se planteó publicarla y me pidió que hiciera un borrador de la traducción. Sacaría de la biblioteca la correspondencia original y nos reiríamos de su equivocación. Sería un momento excepcional y sublime.

Pero a mi marido le trae sin cuidado lo que yo pueda ocultarle. Nunca se ha percatado de que yo quedaba con otros hombres. Y eso que no elimino ninguno de los mensajes que recibo; tampoco me ducho para borrar de mi cuerpo el olor del de ellos. Sé que no le mentiría a mi marido si me preguntase, mirándome a los ojos:

—¿Has estado con otro hombre esta tarde?

Pero no hace pregunta alguna. Por muchos indicios que yo vaya dejando por ahí, nunca hace nada con ellos. *El amante* de Marguerite Duras lleva en la mesa baja desde que lo dejé ahí tirado el lunes, pero estoy segura de que ha pasado de él. Que en ningún momento se ha preguntado: «¿Por qué mi mujer ha empezado a leer de buenas a primeras un libro que se titula *El amante*?». Cuánto me habría gustado descubrir la preocupación en su rostro, quebrantar su tranquila serenidad. Que lo inmutara la duda o la turbación. Pero nada. Por desgracia, lo único que leo en sus ojos es la confianza.

Siempre lo he sabido: estar enamorada lleva tiempo. Es algo que no me molesta en general y menos aún los viernes (para eso es el día de Venus). Así que aún me queda a una última tarea acaparadora, y no de las menos importantes. Las grabaciones.

Con los auriculares puestos, he vuelto a escuchar la conversación de esta mañana. La grabé con el móvil colocado encima de la mesa del desayuno (¿para qué iba a servir si no la función de grabadora? Estoy convencida de que todo el mundo lo hace). Con el ruido de las cucharillas y los tazones de los niños no consigo oírlo todo. Menos mal que durante las comidas hablan susurrando o la mayor parte de mis grabaciones no se podría oír.

Acecho las respuestas evasivas de mi marido, me concentro en las palabras que elige cuando me comunica que le gustaría ir otra vez a la piscina al salir del trabajo y que luego tiene una cena. Empieza diciéndome que ha quedado con «un excompañero» que está de paso en la ciudad. Más adelante, en la misma conversación, habla de «compañeros» (esta vez en plural). Retrocedo para comparar los dos pasajes.

Voy a tener que esperar a que mi marido me cuente la velada, probablemente mañana por la mañana, para aguzar el oído: ¿hablará de un excompañero o de varios? Vuelvo a escuchar los fragmentos de nuestras conversaciones como si analizara un texto antes de traducirlo. Aplico el mismo rigor: ¿qué tono tienen? ¿Por qué usar tal palabra en lugar de tal otra? ¿Qué ha querido decir el autor? ¿Qué aporta esa imagen, esa comparación, ese sobreentendido? Como para mí ser una buena esposa no es algo innato, al menos puedo ser una buena analizadora. Quiero estar segura de no interpretar incorrectamente, de que mi cerebro enamorado no distorsiona lo que dice mi marido.

Grabar nuestras conversaciones privadas me parece algo razonable: las cosas que dice están dirigidas a mí, ¿por qué no iba a poder grabarlas? Sin embargo, es una costumbre que me lleva mucho tiempo para obtener unos resultados que suelen ser poco concluyentes. Así que cada cierto tiempo tomo la resolución de que tengo que parar, pero aún me cuesta dejar de hacerlo. Intento confiar más en mí misma: bastaría con que estuviese más concentrada cuando hablamos (es lo que he intentado hacer esta mañana en la mesa del desayuno, pero sin conseguirlo). Me digo una y otra vez que mi mundo no se va a hundir por no tener grabadas nuestras conversaciones. Pero saber que puedo volver a escuchar esos momentos me reconforta. El martes no grabé la cena en casa de Louise y Nicolas, y ahora me arrepiento: poder volver con precisión al momento en que mi marido me convirtió en clementina seguramente me habría ayudado a entenderlo mejor.

Solo he superado una vez el límite que me había impuesto. Por suerte, había logrado grabar una de las escasas discusiones con mi marido, un conflicto que me tuvo varios días descolocada. La transcribí en el ordenador y luego la traduje al inglés con cuidado de eliminar los datos que pudieran identificarnos. Imprimí el texto y se lo di a los alumnos diciéndoles que era un capítulo de un manual viejo de inglés y que una pelea conyugal sería un contexto perfecto para repasar el imperativo. Tenía tanta necesidad de un enfoque nuevo que les pedí que opinaran sobre la situación. Un alumno levantó la mano y dijo:

—*The husband doesn't love the wife.*

Cómo me dolió. Tuve que sentarme un segundo para recuperar el aliento.

Es la única vez que he usado las grabaciones para dar clase y estoy dispuesta a admitir que fue una insensatez. La mayoría de las veces me conformo con cambiarle el nombre a algún personaje para llamarlo igual que mi marido. Viene muy al caso porque mi marido tiene un nombre muy corriente en el mundo anglófono. Volví a hacerlo el lunes. Qué gozada oír y pronunciar en voz alta su nombre durante una hora (no perjudico a nadie, así que, ¿por qué prescindir de estos pequeños placeres tan sencillos?).

Salgo a tomar el aire, pero teniendo muy presente mi último objetivo de la jornada: encontrar la lámpara ideal. El miércoles por la tarde estampé la anterior contra el suelo a propósito, ya no podía tolerar que fastidiase una velada más con mi marido (¿por qué algo te parece soportable durante meses o años y una mañana te levantas con la certeza de que no puedes aguantarlo ni un segundo más?). Necesitamos un entorno tamizado para mantener el ambiente romántico del salón. Estoy convencida de que la intensidad de la iluminación ha contribuido a que últimamente mi marido se siente más lejos de mí en el sofá. Si a la mujer más guapa del mundo la enfocas con una luz lívida, su belleza mermará sensiblemente. Siempre lo he dicho: la belleza es un cuestión de luz (15 %), de base de maquillaje (20 %), de pelo (25 %) y de ropa y calzado (40 %).

En la tienda me fijo en otro detalle. El interruptor del cable tiene que estar bastante alto porque mi marido se sienta en el lado derecho del sofá y yo, en el izquierdo, al lado de la lámpara; lo ideal sería que para apagar la luz tuviera que pegarse mucho a mí. Encuentro una lámpara que en conjunto cumple con los criterios. Y además, es bastante bonita.

Mientras espero a mi marido paso una velada borrosa. Los contornos se desvanecen como los de un dibujo a lápiz excesivamente difuminado o un trazo de acuarela encharcado por exceso de agua. Las horas transcurren, pero les falta nitidez.

Mi marido ya me ha contado que el estado de ociosidad y concentración que requiere la natación le es de gran ayuda para pensar. Debajo del agua pasa revista metódicamente a los percances cotidianos: un expediente complejo en el trabajo, un cliente difícil, la salud de sus padres. Sale de la piscina sereno, con todos los problemas resueltos y una perspectiva clara. De pronto, lo visualizo entre brazada y brazada, dándose cuenta de que casarse conmigo ha sido un error y un fracaso, de que se siente prisionero en nuestra casa, de que tener hijos es una carga, de que ha perdido la libertad y renunciado a sus sueños, de que yo no soy tan interesante ni tan culta como su novia española de tez morena, de que ya no me quiere, de que desea a otra cuando me toca, de que tiene la necesidad y la intención de dejarme.

También me imagino que nunca ha ido a la piscina. Nadar es la coartada ideal: una excusa que ni pintada para desconectar el móvil durante una hora y darse una ducha que borre el olor de otra mujer. Cuando vuelva a casa comprobaré en la mochila si el bañador aún está mojado.

Como falta poco para que termine la película, dejo a los niños delante de la tele mientras esperan a que llegue su padre y voy a acostarme. Desde el dormitorio oigo cómo aparca el coche en el sendero. Apago la luz apresuradamente y echo un vistazo al móvil: las nueve y cincuenta y ocho. En lo que tarda en cerrar el coche, encontrar las llaves en el fondo del maletín, recoger el correo y abrir la puerta, ya serán las diez. Mi marido es puntual. Mi marido es tan puntual que cualquiera creería que está esperando en la esquina de la calle a que sea la hora exacta para volver a casa. ¿Se habrá quedado sentado unos minutos al volante del coche? ¿Habrá apagado el motor y escuchado una última canción en la radio?

Oigo que su llave gira en la cerradura y es como si estuviera allí. Mi marido está en el vestíbulo, con el correo en una mano, la mochila de la piscina a la espalda y una sonrisa distendida en los labios. Creo oír los dos besos auténticos que les da a los niños en la frente. Me lo imagino sentándose en el sofá para ver con ellos los últimos minutos de la película; puede que se esté burlando del malo y poniéndolo en ridículo o dándoles permiso para tomar otro trozo de tarta aunque ya se hayan lavado los dientes.

Gracias al entarimado de madera maciza que cruje y a la escalera que chirría siempre sé dónde está mi marido. Es como si mi casa la hubiera diseñado un arquitecto preocupado por que nunca lo pillaran desprevenido.

Ahora oigo a los niños subiendo las escaleras (como siempre se desplazan en pareja, sus pasos producen un único golpeteo continuo en los peldaños). Mi marido cierra la puerta de los dormitorios, baja una planta y se acerca peligrosamente al nuestro. Aguanto la respiración, la puerta se abre. Me quedo muy quieta debajo de la manta. Finjo con todas mis fuerzas que estoy durmiendo. Mi marido se queda un momento en el umbral y luego se va.

Es la última cosa que voy a hacer por amor a él en este día que he dedicado por entero a nuestro matrimonio: fingir que estoy dormida para que no me vea desmaquillada, en pijama y con el pelo revuelto (me repite a menudo que no le gusta que descuide mi aspecto). En mi ausencia también me echará más de menos y tendremos más cosas que contarnos si tiene que esperar hasta mañana por la mañana para hablar conmigo. Hacerme desear: llevo la lección bien aprendida. La he escrito con todas las letras en la libreta esta tarde.

El cuerpo me pica bajo las sábanas. No hay tregua, ni siquiera los viernes. Trato de concentrarme en algo que no sean mis muslos y mis brazos. Cierro los ojos y vuelvo a pasar la película de nuestra semana. Me demoro en algunas secuencias, hago zum en los momentos que me interesan. Trato de comprender.

No llego a ninguna conclusión definitiva, porque es una cuestión de nivel analítico: todo depende de los aumentos con los que observe nuestro matrimonio. Todo depende del microscopio amoroso.

A escala anual, estamos viviendo una bonita historia de amor. En quince años: una boda, una casa y dos hijos. A escala mensual, el panorama sigue siendo luminoso: no pasa ni un mes sin que vivamos juntos algún momento especial, sin que hagamos el amor o sin que él me dirija palabras cariñosas o me haga un regalo. A escala semanal, el cielo sigue más o menos despejado: no pasa semana sin que haya un gesto cariñoso, una palabra de afecto o una larga conversación. A escala de una noche u horaria, mi vida amorosa se nubla. Esta es la escala en la que puedo detectar todas las veces que se distancia y todos sus olvidos. Es la escala en la que me fijo en todas las palabras que no pronuncia y en todas las veces en que no me mira a los ojos. Pero a escala de los minutos es cuando la situación se vuelve insoportable. Pongamos, por ejemplo, el miércoles por la noche. Los niños están acostados y nosotros estamos en el sofá viendo una peli. Mi marido no me coge la mano a pesar de que la tengo ostensiblemente apoyada en el muslo. Luego la deslizo debajo de la suya. No reacciona. Al cabo de unos minutos, cambia de postura, me suelta la mano y no me la vuelve a coger. A escala de ese minuto, veo claramente que mi marido se está distanciando y que nuestro matrimonio peligra.

Cuando mi marido no me coge la mano, cuando me convierte en clementina, cuando no me pregunta qué tal me ha ido el día, cuando cierra las contraventanas y corre las cortinas antes de dormir, cuando me interrumpe, cuando se le olvida cómo se llama una compañera de la que le he hablado muchas veces, cuando no da muestras de estar muy impaciente por verme, cuando me suelta la mano por la calle, cuando no me coge alguna llamada, cuando lo pillo con los ojos abiertos mientras me besa: esos minutos que observo le confieren a mi matrimonio un aire de canción triste. Cada uno deposita encima de nuestros quince años de amor un sabor amargo a soledad, a espera y a abandono. Y un minuto basta para oscurecer sin más todos nuestros años.

Sábado

Al principio es un ruido lejano y confuso. Hasta que, paulatinamente, logro identificar las entonaciones de una voz. Esta mañana, me despierto con mi marido diciéndome algo desde el cuarto de baño.

A menudo se dirige a mí así, tanto si estoy despierta como dormida. Es lo mismo que si no supiese distinguir si alguien está dormido o no, como si su cerebro no interpretase las siguientes señales: ojos cerrados, cuerpo tendido, inmovilidad, respiración profunda, ausencia de respuesta a sus preguntas.

Me está contando qué hizo anoche. Oigo que dice «compañer» pero sin llegar a distinguir si habla en masculino o en femenino ni en singular o en plural. Y, por desgracia, esta mañana no estoy grabando.

Mi marido ha descorrido las cortinas hace un buen rato y el sol me deslumbra. Ya ha preparado el desayuno y despertado a los niños. Ahora está vistiéndose en el dormitorio, de buen humor y muy locuaz. El sábado es su día favorito. Lo sé porque es el día en que más me dirige la palabra.

El sábado es rojo. Y el de mi marido, rojo vivo. Para él el sábado siempre es un acontecimiento alegre. No es de extrañar que le guste tanto, es un día libre, para salir y socializar. Es el primer día del fin de semana, habría que aprovecharlo plenamente: prever alguna actividad que les guste a los niños, organizar una velada en pareja o con amigos. Yo prefiero la rutina de los días de diario, el sábado me intimida. Es un día que hay que volver a inventar una y otra vez, ni siquiera tiene unos rituales a los que aferrarse, como el domingo. Y no estoy hablando de la presión social que existe en torno a la noche del sábado: es imposible reconocer que lo que prefieres es quedarte en casita con tu marido, pegada a él en el sofá; tienes que cenar fuera, invitar y que te inviten, salir, reservar. Y encima, hoy es el cumpleaños de nuestra hija y ha tocado organizar una fiestecita (¿a partir de qué edad podré dejar de hacerlo?).

El sábado es el día que a mí menos me gusta y el que prefiere mi marido. Pienso que seguramente le habré fastidiado muchos sábados igual que él me ha fastidiado a mí muchos lunes. Ojalá nuestros días favoritos coincidieran (seguramente habría sido más sencillo planificar la convivencia).

Me recojo el pelo antes de darme una ducha con el agua hirviendo (a mi temperatura). Mi marido se reúne conmigo en el cuarto de baño en el momento en que me estoy desvistiendo, pero mi desnudez no le parece excepcional. No me mira ni las tetas ni el culo. ¿Cuántas veces hay que ver desnuda a la misma persona para que deje de emocionarte o de parecerte excitante? ¿En qué momento se desvanece la magia? ¿A los seis meses, a los tres años, a los diez? ¿Por qué la millonésima vez que ves a una persona desnuda no iba a causarte el mismo efecto que la primera de todas? ¿Cómo se desgasta la desnudez?

Mi marido se sienta en el suelo, con la espalda apoyada en la bañera. Le gusta hablar conmigo mientras me estoy duchando, a través de la cortina de baño, algo así como si fuera el locutorio de un convento o de una cárcel. Se sincera sobre los contratiempos que le han surgido esta semana en el trabajo; me entero de que el miércoles despidieron a un compañero de su departamento. No tenían mucha relación, pero le impactó cómo le comunicaron la noticia al resto del equipo.

Tengo tendencia a olvidarlo, pero a menudo mi marido me transmite las noticias importantes en diferido. Es como si necesitara digerir la información antes de comunicármela (el procedimiento de un introvertido). Este leve desfase a veces me da la sensación de que no vivimos exactamente en el mismo huso horario.

Mientras va enumerando, con el correspondiente retraso, las dudas, decepciones y alegrías de la semana, hojea por encima las revistas abarquilladas por la humedad que están desperdigadas por el suelo del baño (revistas que dejamos ahí precisamente para eso, para cuando mi marido se sienta junto a la bañera para ofrecerme una retrospectiva de la semana a través de la cortina). Cuando cierro el grifo, se pone de pie para alargarme una toalla.

Mientras estoy sentada tranquilamente desayunando, mi marido me propone de buenas a primeras que vayamos los dos al cine a última hora de la tarde. Podríamos llamar a Zoé para que se quede con los niños e ir a ver esa película de la me habló la semana pasada. De puro asombro, se me cae la tostada al suelo. Limpio la mermelada de fresa con una bayeta, parece sangre coagulada encima de las baldosas blancas.

Busco una excusa para declinar la invitación. He leído la reseña de la película: trata de una separación, de un hombre que lleva una doble vida y de un matrimonio que se rompe. Pero resulta que no quiero que mi marido se exponga a contenidos que retraten a hombres infieles. Sé que no puedo impedirle que tenga a su alcance ese tipo de imágenes o de relatos, pero si tengo posibilidad de elegir, prefiero evitarlos. Por ejemplo, siempre procuro no regalarle novelas que planteen esos temas. Aunque todas las Navidades y todos los cumpleaños acabo comprobando lo mismo: el adulterio y el drama conyugal son un material literario muy extendido (¿acaso los escritores no podrían contar la historia de un marido y una mujer que se aman con una pasión desbordante? ¿Tan poco novelesco es el amor conyugal?). Cuando vamos en mi coche, apago la radio para que mi marido no oiga el nuevo disco de ese cantante de ojos azules que escucho en bucle, y que tiene mucho talento pero ha cometido el desacierto de recurrir a los méritos de una separación apacible y salvadora para componer esas canciones tan bonitas.

Le contesto a mi marido que nos espera un día muy largo, lo cual es cierto. Organizarle una fiesta de cumpleaños a nuestra hija ya se me antoja insalvable, no es cosa de subir el listón. Esperemos que la semana que viene la película ya no esté en cartel.

Cuando llego al club de tenis, Lucie ya está allí. Mientras se me acerca (nos encontramos a medio camino), estoy a punto de hacerle un cumplido sobre su pelo (salta a la vista que ha ido a la peluquería). Pero el martes por la noche, cuando estuve elogiando el vestido de Louise, aprendí la lección y no voy a tropezar con la misma piedra. Además, yo también he ido a la peluquería esta semana, ¿por qué no lo comenta Lucie? ¿Por qué tengo que ser yo quien se rebaje con observaciones amables?

Al jugar se me acelera el ritmo cardiaco y es agradable porque, por una vez, mi marido no tiene nada que ver. Me gusta el esfuerzo físico, aunque no intento superarme a mí misma. Lucie es mala jugadora y yo soy más bien una perdedora jovial. Siempre me desinflo al final, aunque lleve ventaja. Acepto perder como si el fracaso formase parte de mí: me someto. Carezco de toda inquina, pero me siento a gusto con esa idea. No necesito dominar para notar que existo.

Después del partido, vamos a tomar un café al bar del club, que da a las pistas. Hablo de mi marido, de mis hijos, de mis alumnos, de nuestros planes de vacaciones veraniegas; Lucie me habla de Pierre, de su hija, de su ascenso, de cómo avanza la reforma de su casa de campo.

—¿Te has enterado de lo de Marion?

Al oír nombrar a Marion, la hermana de Lucie, me espabilo inmediatamente (la conversación me interesaba más bien poco). Marion tiene cuarenta años, igual que yo. Es profesora de Literatura en la universidad, publica libros sobre el amor cortés, la invitan a la radio para hablar de poesía medieval. Se ha casado dos veces y no tiene hijos. Es una mujer guapísima (manos bonitas, pestañas largas, encantadora a más no poder), pero, por encima de todo, es la persona a cuyo lado esperas que te sienten en una cena: la que se entusiasma cuando habla, la que parece que siempre tiene alguna anécdota que contar, la que se ríe tan fuerte que se la oye desde la cocina. Solo he coincidido con Marion dos o tres veces, pero sé de ella con regularidad a través de Lucie, que se queja a menudo de las exuberancias de su hermana mayor. El año pasado, Marion se plantó en su casa llorando: llevaba un vestido de novia cubierto de porquería y tenía los ojos negros por el maquillaje que se había corrido. A Marion la habían dejado tirada en el altar, como en las películas: una boda secreta con cuatro testigos, el novio que se arrepiente una hora antes de la ceremonia y se escapa a Inglaterra con su joven doctoranda. Lucie me contó aquella historia, exasperada con que la vida de su hermana fuera un drama perpetuo. A mí esa escena me caló durante mucho tiempo. Me imaginaba a Marion vestida de novia en el metro, descalza y con los zapatos de tacón en la mano, llorando, con el peinado deshecho y los ojos negros de rímel: qué imagen tan novelesca y sublime.

Lucie me informa de que su hermana está volviendo a vivir el gran amor de su vida con su segundo marido.

—Pero no va a durar. Estoy esperando la siguiente catástrofe —añade.

—¿Por qué eres tan derrotista? ¿Acaso los amores de Marion están condenados a ser infelices?

—Estoy convencida de una cosa. Si mi hermana está tan obsesionada con el amor es porque le impide pensar en sus verdaderos problemas. ¡El amor es una distracción! Qué fácil resulta llorar el lunes por culpa de su primer marido, del que, según dice, seguirá enamorada toda la vida, mientras que el miércoles se reconcilia con el segundo después de haber vivido una pasión fulgurante con un hombre al que conoció en el tren la semana anterior… Es más sencillo llorar por un hombre que pensar en el cáncer que no le da tregua desde hace diez años o en que no ha podido tener hijos.

Fascinada, escucho el elaboradísimo discurso de Lucie sobre el amor como distracción, preguntándome si yo no tendré algo de Marion.

Me gustaría continuar con esa conversación: ¿por qué las relaciones de Marion son tan intensas y por qué parece que siempre están abocadas al fracaso? ¿Por qué su corazón late más fuerte que los demás corazones de su entorno? Pero Lucie no tiene que decir ni una palabra para que me percate de que prefiere cambiar de tema. No tiene que hablar porque se ruboriza; me deja atónita que las emociones se le noten en ambas mejillas como sendas señales luminosas: ¿cómo se las apaña para parecer misteriosa delante de Pierre si las mejillas la delatan?

Es entonces cuando caigo en algo esencial sobre Lucie, en un aspecto de su personalidad que aún no había captado. Lo intuía, pero me faltaba la palabra: Lucie es púdica. Por fin he encontrado su tercera palabra existencial. Lucie es precisa, tenaz y púdica.

Cuando no estoy demasiado enfrascada en mis propios pensamientos (que, en una proporción alarmante, tratan de mi marido: es difícil cuantificarlo, pero yo diría aproximadamente que el 65 %), me dedico a un juego que puede durar meses o incluso años. Me pregunto cómo podría describir a una persona de mi entorno con tres palabras. No es tanto un intento de descripción como una auténtica indagación existencial: encontrar las tres palabras que reflejen lo que hace que una persona *sea* exactamente quien es y no alguien distinto. Por ejemplo, al final he determinado que Louise era ocurrente, ruidosa y franca, y que Nicolas era elegante, moderado y atento, pero he tardado mucho en validar cada uno de esos términos (de tal modo que la primera palabra existencial de Louise no es *graciosa*, *traviesa*, *cómica*, *jocosa* ni *divertida*: es *ocurrente*). También he cogido la costumbre de clasificar esas tres palabras por orden de importancia: la primera es la menos significativa mientras que la tercera es la que mejor refleja el misterio de una personalidad (en el caso de Louise, cómo no, es el hecho de ser franca).

Es un ejercicio vertiginoso porque incluso dos personas que se parecen mucho a primera vista (socialmente, por su carácter) nunca comparten las mismas tres palabras existenciales. Por ejemplo, todos los hombres de los que he estado enamorada pertenecen a una misma tipología y aun así no tienen ninguna palabra en común. Adrien era afectuoso, egoísta y falto de confianza en sí mismo (en inglés existe un adjetivo para decirlo, *insecure*; o sea, que el francés carece de una palabra esencial para calar a Adrien). Antoine era orgulloso, desencantado y esteta. Arnaud era apasionado, humanista y creativo.

Tardé cuatro años en encontrar las tres palabras existenciales de mi marido. Para sentir que con tres adjetivos podía abarcarlo del todo sin dejar ángulos muertos. Así pues, mi marido es carismático, introvertido y contradictorio. También tiene mucho sentido del humor y está dotado de una generosidad fuera de lo común, pero eso no cuenta: no es lo que hace que mi marido sea mi marido. Sería la misma persona aunque careciera de su sentido del humor o su generosidad, pero no lo sería sin su carisma, su introversión ni, por supuesto, sin sus contradicciones.

El carisma me resultó evidente en cuanto nos conocimos. Tras el término *carisma* se ocultan en realidad miles de microimpresiones que mi marido esparce por doquier allá donde esté: un aura, un aplomo, un porte, una forma de hablar y de comportarse, una aparente soltura, una confianza en sí mismo y en su belleza. Capta. Atrae. Retiene.

En cambio, me llevó más tiempo identificar su introversión porque mi marido tiene muchos amigos y le gusta estar rodeado de gente. Tampoco es tímido. Pero acabé por entender que recarga las pilas estando solo. Para tomar una decisión importante o para digerir una noticia imprevista, necesita la soledad. En los momentos de inflexión, realiza un sutil movimiento de repliegue hacia dentro: mientras que una persona extrovertida se vuelve instintivamente hacia los demás (como le sucede a Louise, por ejemplo), él se recoge en sí mismo (y, ya de paso, queda fuera de mi alcance).

Mi marido es carismático e introvertido, pero lo que más lo caracteriza es la contradicción. Es el término que más me ha costado de los tres, esa parte suya que he tardado más en pillar. Pero una vez que la hube encontrado, también es la palabra que me resultó más satisfactoria. Tener, por fin, la certeza de que conocía al hombre que compartía mi vida.

La contradicción es la coexistencia de dos realidades opuestas e incompatibles. Mi marido está hecho de contradicciones, de carreteras por las que hay que circular en sentido contrario y ríos en los que se nada a contracorriente. Es un hombre sereno y profundamente ansioso (una serenidad y una ansiedad igual de auténticas que conviven entre sí). Ansía la libertad, pero sueña con vivir en familia. Admira y desprecia a partes iguales el éxito social y las carreras brillantes de los financieros londinenses. Le encanta estar rodeado de gente, pero necesita estar solo. Se esfuerza por conocer a otras personas y hablar en público aunque odia ser el centro de atención. Resumiendo: es como si siempre estuviera enfrentado a su naturaleza más profunda.

Como nunca acaba de estar a gusto con sus propias decisiones, mi marido envidia a las personas que han emprendido vidas que él no ha elegido. Las contradicciones que lo desgarran lo convierten en un terreno fértil para la envidia: hubo incluso un momento en el que llegué a plantearme si su tercera palabra existencial tendría que ver con su temperamento envidioso, pero estaba confundiendo el síntoma con la causa. La ambivalencia de mi marido con Nicolas es un buen ejemplo. La libertad, ser padre primerizo a los cuarenta, el dúplex moderno en pleno centro, el cargo de directivo financiero: mi marido le envidia todo eso tanto como lo desprecia.

Una vez cometí el error de preguntarle a mi marido cuáles eran las tres palabras que me caracterizaban. Contestó sin pensárselo mucho: guapísima, fría, enamorada y observadora.

—¡Eso son cuatro! —protesté—. ¡Así no vale!

Reaccioné por la cantidad para que no se notara que lo que me afectaba era el fondo.

—¿Enamorada de ti? ¡Pues claro que lo estoy! Te recuerdo que estamos casados —proseguí fingiendo un tono desenfadado.

—No me refiero a estar enamorada de mí sino a ser una enamorada. Una enamorada del amor —rectificó mi marido.

—¡No soy una enamorada del amor! Eso supondría que la idea de estar enamorada me gusta más de lo que me gustas tú, y no es así.

Me defendí con uñas y dientes, argumenté con eficacia, lo que no dejó de arrancarle una sonrisa:

—Si no fuera del todo cierto, no te habría escocido tanto, ¿no crees?

Aborrecí ese juego.

De las mañanas en el club de tenis, puede que mi momento favorito sea el café que me tomo con Lucie. En todo caso, es el que más me gusta alargar. Porque a esa hora, y por primera vez en toda la semana, es mi marido quien me espera a mí y no al revés. En torno a las doce del mediodía está en casa con los niños. Hasta que se oye el golpe de la portezuela de *mi* coche, son *mis* pasos los que anuncian *mi* regreso por el sendero florido y es *mi* llave la que suena en la cerradura: soy *yo* quien aparece en el vestíbulo mientras termina de hacerse la comida, con los bártulos de tenis a la espalda. El hecho de que él me espere a mí es importante, así que creo esa situación artificialmente yendo al club todos los sábados y pidiendo un segundo café en la barra aunque en realidad no me apetezca.

No me gusta especialmente el tenis y levantarme los sábados por la mañana para ir a jugar me supone un verdadero esfuerzo. Pero me motivo recordando que voy a hacer algo que no es pensar en mi marido (¿realmente es así?) y, sobre todo, que voy a salir de su campo visual. Por una vez, estaré inaccesible y ocupada. Y así podré volver a aparecer, al cabo de unas horas, siendo un poquito nueva (por haber tenido una vivencia sin él), con el cuerpo duro y duchado (de todos mis cuerpos, es el que más le gusta).

Ir a jugar al tenis, quedarme en el instituto corrigiendo, cenar fuera con las amigas, fingir que estoy dormida cuando él vuelve tarde por las noches: durante todas esas ausencias, tengo la esperanza de que me eche de menos. Sin embargo, sé que hace tiempo que he perdido el beneficio de la novedad. Ya nunca más me mirará como a una desconocida que entra en un bar o como a la mujer de otro. Pero seguramente nunca llegaré a entender por qué a mí no me sucede otro tanto. Por qué nunca he dejado de observar a mi marido desde la distancia, con el alejamiento suficiente y necesario para poder admirarlo.

Menos mal que solo pasa una vez al año con cada niño. Puede que yo sea una mala madre, pero no me imagino que a ningún progenitor que esté en sus cabales, por muy amoroso que sea, le pueda resultar soportable la fiesta de cumpleaños de un hijo. Así es como defino yo el infierno: niños escandalosos siendo el foco de atención y conversaciones entre padres que se juzgan con la misma discreción que la del vestido rojo que llevo puesto hoy (o sea, ninguna).

Curiosamente, el blanco de todas las miradas no es mi escote sino la *charlotte* de fresa que preside la mesa. Todos me preguntan si la he hecho yo. Me he fijado en que muchos padres comparten esa extraña obsesión: establecer qué madres preparan personalmente la tarta de cumpleaños de sus hijos. ¿Existe alguna relación de causalidad probada entre el hecho de ser una buena madre y tener algún talento para la repostería? Yo no lo he leído en ningún artículo, aunque debo confesar que me documento más sobre el amor que sobre la crianza. En este caso, resulta que el encargado de hacerla ha sido mi marido, lo que me vale un mohín de aprobación (un marido que cocina, *menuda suerte tienes*). En ese momento, me parece que no hay por qué mencionar que también ha sido él quien ha enganchado los globos en la puerta de la verja, colgado las guirnaldas de colores entre los árboles, puesto en el bufé un mantel con estampado de animales y llenado de limonada y cubitos de hielo las grandes jarras de cristal. También ha colocado en el jardín los bafles para la música. Todo cuanto me rodea habla de los mil detalles que mi marido ha tenido hoy con nuestra hija: *menuda suerte tienes*, por lo visto. Pero ser un padre excelente no lo convierte en un marido excelente.

Cada vez hay más niños. También han venido compañeros de clase de mi hijo. Descubro que, incluso en el cole, mi hijo y mi hija se mueven en los mismos círculos; por lo que recuerdo del colegio, entre los pequeños de segundo y los mayores de cuarto existía un muro infranqueable.

En este día todo es demasiado rojo. Demasiados nervios. Demasiado ruido, demasiado sol, demasiada gente pidiendo cosas. Me avisan de que faltan vasos de plástico, mi marido me sugiere que traiga una botella de vino blanco de la nevera. Lucie requiere mi atención: su hija Anaïs se ha manchado la falda con salsa de fresa; ¿tengo algo para limpiarla cuanto antes? ¿Queda limonada en alguna nevera? ¿Dónde está el baño? ¿Podrías servirme solo un vasito de agua? Mi hijo es alérgico a los frutos secos, ¿le puede sentar mal la *charlotte*?

Nos hacen una foto a los cuatro mientras mi hija sopla las velas (va a ser un retrato familiar perfecto, al menos el día de hoy habrá servido para algo). A continuación, abre los regalos: los de sus amigos, uno de su hermano (es el primer año que mi hijo le regala algo a su hermana pequeña; ¿estaría enterado mi marido?) y, por último, los nuestros. Ocho regalos para celebrar que cumple ocho años, entre ellos purpurina de colores para disfrazarse, un libro de una ilustradora que le gusta y lápices acuarelables. Me fijo en que mi marido los ha envuelto con ocho papeles de regalo distintos para formar una pila de colores, materiales y formas dispares pero muy bonitas. Me siento conmovida y celosa a un tiempo. No recuerdo la última vez que mi marido se tomó la molestia de cambiar el papel de regalo y el color de la etiqueta en cada uno de los paquetes que tenía que envolver para mí. A mí me regala fines de semana en Venecia, noches de hotel, cenas de restaurante a la luz de las velas, entradas para la ópera y el teatro; desde luego, son unos detalles preciosos, pero ninguno perdura y, sobre todo, ninguno requiere papel de regalo de colores. Además, para mí nunca ha habido tarta casera ni guirnaldas en los árboles.

Mi hija se me revela sociable y radiante, charlatana incluso (a ver si es que ha heredado el carisma de su padre, no sé si es algo bueno). No lo entiendo, en casa nunca se la oye decir esta boca es mía. Al hilo de una conversación, me entero de que de mayor quiere ser veterinaria. Ahora entiendo por qué algunos compañeros le han hecho regalos en este sentido y por qué mi marido ha elegido un mantel con estampado de animales. Por lo visto, él sí que estaba muy al tanto. Tengo la sensación de haber pasado dos años de vacaciones sin ellos o de haberme despertado de un coma muy largo. Mi propia familia se me hurta.

He dejado de contar cuántas copas de vino llevo. No debería beber tanto en un entorno tan hostil. Cuando me emborracho, tengo tendencia a bajar la guardia. Tengo miedo de que salte a la vista cuánto me crispa que mi marido hable de mí en tercera persona aunque me tenga al lado; de ponerme tensa cuando insista en que dé detalles sobre la traducción que tengo entre manos («una novela de mucho éxito que ha escrito una joven escritora irlandesa y que han adaptado para una serie, es una oportunidad tremenda, un libro esperadísimo, ¿verdad, cariño?). Me sirvo otra copa de vino cuando mi marido vuelve a elogiar mi trabajo de traductora para el corrillo que se ha formado a su alrededor pero se le olvida mencionar que también soy profesora de instituto (una mujer que se dedica a la enseñanza es un trofeo mucho menos impresionante).

Al salir de la cocina, me encuentro con mi marido y Lucie en plena conversación. Sin cortarse ni un pelo, él se la come con los ojos tan ávidamente como si ella le estuviera revelando el secreto de cómo se creó el universo (cuando en realidad debe de estar contándole la reforma que Pierre y ella están haciendo en su casa de campo, y como yo he tenido que padecer esa misma conversación esta mañana, sé que tampoco es tan apasionante). Si estuvieran haciendo el amor en mitad del jardín vendría a ser lo mismo. Las mejillas arreboladas de Lucie no engañan: lleva escrito en la cara que mi marido está ligando con ella.

Entonces pierdo los papeles por completo. Las riendas ya no las lleva mi cerebro sino mis entrañas. Me veo a mí misma arrastrando a Pierre dentro de casa so pretexto de que necesito ayuda en la cocina. Él me sigue sin acabar de entender lo que pasa, pero sin oponer resistencia tampoco (aunque bien que se da cuenta de que subimos al primer piso aunque la cocina está en la planta baja). Tras cerrar la puerta del cuarto de baño, echo el cerrojo y me abalanzo sobre él. Mi marido se ha comido a su mujer con los ojos y yo me voy a comer a su marido con la lengua. Ojo por ojo, diente por diente.

Su boca, tras la sorpresa inicial, responde poco a poco a la mía. Me tira del pelo hacia atrás, como para resistirse un instante, y luego cede cuando le meto los dedos en el pantalón. Solo le da tiempo a pronunciar:

—Pero ¿qué estás haciendo?

Dejo que las bragas se me caigan piernas abajo y lo guío con la mano. Mientras me penetra, me agarra las tetas con desesperación, como dos asideros de escalada. Todo desaparece: la puerta que tengo contra el culo, el baño donde me ducho todas las mañanas, el marido de mi amiga más íntima. Me he transportado a algún lugar de los Alpes, en medio de una gran vía, con unos trescientos metros de caída. Las embestidas de Pierre resultan un tanto vertiginosas. ¿Será porque el sexo extraconyugal es algo prohibido o con Lucie también hace gala de la misma brutalidad? ¿Pierre siempre hará el amor como si se fuera a morir mañana?

No ha durado más de uno o dos minutos, pero es más o menos el tiempo que tardo en darme cuenta de lo que acabo de hacer. Qué riesgo tan insensato. Engañar a mi marido delante de tantos testigos. Y engañar a mi marido en sábado cuando solo lo hago los jueves. Las reglas están para algo, sirven para protegerme. ¿Por qué no he actuado como de costumbre? Encajar el golpe y esperar hasta la noche para sacar la libreta y anotar lo que me ha dolido. Dar tiempo al tiempo, distanciarme. Esa es la regla: esperar siempre hasta el día siguiente antes de actuar.

Mientras salgo del baño temblorosa y húmeda, se me cruza la mirada con la de mi marido a través de la ventana del primer piso. Está en el jardín, con una copa en la mano, mirándome fijamente. Vuelve la cabeza, pero estoy segura: ha clavado los ojos en los míos.

Me entra tanto pánico que siento como si me fuera a ahogar. ¿Habrá podido verme mi marido? ¿Habrá pasado lo mismo que con un falso espejo, que yo podía verlo pero él a mí no? ¿Habrá vislumbrado tan solo una silueta o me habrá visto salir del cuarto de baño y a Pierre detrás, recomponiéndose la ropa a toda prisa?

Tengo que mantener la calma. Recobrar la sensatez, seguir siendo racional, recopilar parámetros. Mi marido estaba en el jardín. Debe de estar a quince metros de la casa. Yo estoy en el primer piso; un piso equivale a una altura de tres metros, pero como la planta baja está realzada, la cosa se pone en al menos cinco metros y yo estoy a más de un metro del suelo, así que redondeamos a seis. Formamos un triángulo rectángulo de quince metros y seis metros de lado. Pitágoras, Pitágoras, Pitágoras… ¿Cómo era la formulita? El cuadrado de la hipotenusa es igual a la suma del cuadrado de los catetos…, 15 al cuadrado da 225…, 6 al cuadrado da 36…, 225 más 36 es igual a 261. Ahora tengo que encontrar la raíz cuadrada de 261…, 16 por 16, 256; 17 por 17, 289… O sea, que la cosa está entre dieciséis y diecisiete metros. Esa es la distancia que nos separa a mi marido y a mí. Es poco, realmente poco.

Y luego está lo de cuántas copas de vino se habrá bebido exactamente mi marido. ¿Cuatro, cinco? En cualquier caso, no está borracho. ¿Bastarán para nublarle la vista? Son las cinco de la tarde, solsticio de verano, el sol ya está muy al oeste: debo de estar a contraluz.

Me quedo mirando mi imagen reflejada en el espejo del vestíbulo y me ordeno una vez más mantener la calma. Para empezar, me vuelvo a pintar los labios, un tono algo más oscuro que el que suelo llevar, a medio camino entre el violeta y el marrón. Luego me dejo suelta la melena rubia para no tener que arreglar el moño deshecho; el pelo se me derrama por la espalda, el esmerado *brushing* me salva.

Pase lo que pase, tengo que hacer como si nada. Mantener el control. Aunque mi marido me haya visto, pensará que ha tenido una alucinación. No sería razonable creer que su mujer ha echado un polvo con otro hombre en el cumpleaños de su hija. La inverosimilitud será mi mejor defensa.

Cuando vuelvo al jardín, Lucie me pregunta si estoy bien, según ella tengo una cara muy rara. Es cierto que los cálculos mentales me tienen absorta (la raíz cuadrada de 261 no es un número redondo) y que además estoy notando que el esperma de su marido me gotea entre las piernas y no sé si se me verá.

Los niños por fin están acostados. Abro una botella de vino improvisadamente. Me acerco a mi marido con una sonrisa y una copa en cada mano. Por fin solos. Y esta vez, la luz es perfecta. Fue un acierto librarme de la anterior lámpara estampándola contra el suelo y comprar una nueva ayer.

Ahora estoy relajada y casi serena. Mi marido no sabe lo de Pierre. De haberme visto, me lo habría comentado:

—¿Qué estabas haciendo antes en el baño? Os vi salir a Pierre y a ti. ¿Es que estáis liados?

Pero mi marido no me ha preguntado nada.

Y eso que yo juraría que se nos cruzó la mirada a través de la ventana del primer piso. Y no es lo mismo ver a alguien que cruzar la mirada. El cruce de miradas implica una reciprocidad: es algo activo, algo reactivo, algo instintivo. Es el depredador que se queda mirando a la presa y esta, al alzar los ojos, averigua de pronto cuál va a ser su destino. Habré tenido una alucinación.

Mi marido está incluso de humor jovial, a lo mejor puedo contar con que se me declare o me diga algo cariñoso. Pues aunque todos los días de la semana están bajo la advocación del amor, sé que mi marido me quiere más los sábados. Así que tengo que aprovecharlo.

Mi marido pone música clásica en los bafles del salón. Es inusual, me pregunto cómo debo interpretarlo, mi libreta de música no dice nada al respecto. Me parece que reconozco a Mozart, es una pieza conocida. Obviamente, no le pido que me lo confirme, ¿qué iba a pensar si supiera que su mujer ni siquiera es capaz de reconocer la *Sinfonía n.º 40 en sol menor* del compositor más famoso del mundo? Por mucho que sepa que yo no provengo del mismo entorno social y cultural que él, me he esforzado tanto por ocultarlo que creo que muchas veces se le olvida (o sea, que no hay por qué recordárselo).

Apenas hemos bebido el primer sorbo de vino, los oboes melancólicos dan paso a los acordes dramáticos del violín (¿será Haydn? En cualquier caso, es posterior a Bach, segunda mitad del siglo XVIII, eso seguro, tiene una cuadratura regular y un lenguaje armónico muy sencillo), cuando oigo unos pasos por las escaleras. Mi hija aparece en el umbral. Una velada a solas con mi marido tampoco es tanto pedir. Ya nos hemos pasado todo el día celebrando su cumpleaños.

Mi hija murmura que le duele la tripa. Se me sienta en el regazo antes de hundirme la cara en el cuello. Lo único que consigo pensar es que me está echando a perder el maquillaje. Adiós al polvo bronceador que me he aplicado en el escote y en la mejillas para tener buen color.

Soy un monstruo por pensar en mi cutis mientras tengo a mi hija temblorosa entre los brazos. Me sobrepongo, le acaricio el pelo y estrecho contra mí el cuerpecito caliente como un cruasán. Le indico por señas a mi marido que ya me encargo yo y subo con ella a su cuarto. Le tomo la temperatura y le dedico el tiempo necesario para reconfortarla. Le doy una medicina disuelta en un vaso de agua (sé que no le gustan los comprimidos): si dentro de una hora le sigue doliendo, llamaremos al médico. Por último, me tumbo a su lado en la cama para murmurarle su canción favorita.

Sunny, thank you for that smile upon your face
Sunny, thank you for that gleam that flows with grace
You're my spark of nature's fire,
You're my sweet complete desire
Sunny one so true, I love you

Hacía mucho tiempo que no se la cantaba. Solía hacerlo cuando era pequeña: usar palabras ajenas para mostrarle cariño. Me preguntaba qué significaban las palabras en inglés, una y otra vez, aunque se las sabía de memoria (mamá, ¿qué quiere decir *«you're my spark?»*).

Cuando mi hija empieza a quedarse dormida, salgo del cuarto y cierro la puerta despacito. Monstruosa. Culpable. Aunque me lo haya tomado con calma, aunque crea haber hecho lo que habría hecho una buena madre. Monstruosa por pensar que ese tiempo se lo he robado al que debería haber pasado a solas con mi marido. Culpable por haber mirado el reloj de pulsera.

Apenas he salido del cuarto cuando oigo que vuelve a llamarme. Me paro en seco; ya he tenido bastante paciencia. Doy media vuelta, enciendo la lámpara de la mesilla y la miro directamente a los ojos (la careta de mamá buena ha desaparecido). Le agarro la muñeca, la sujeto lo bastante fuerte para notar el bracito paralizado en mi mano. Y con una frialdad que le hiela la sangre en las venas, le ordeno bajito:

—Ahora, a dormir.

Sin alzar la voz.

Pero cuando vuelvo a bajar al salón, ya es demasiado tarde. Mi marido se ha terminado la copa de vino. Se acabó el momento.

Cuando mi marido empieza a cerrar las contraventanas del dormitorio, es la gota que colma el vaso. Estoy detrás de él mientras inclina el cuerpo en el vacío para agarrar el gancho. Llevamos años diciendo que habría que poner otro sistema, el gancho queda demasiado lejos, hay que ponerse de puntillas para alcanzarlo, es muy peligroso, lo hemos repetido un montón de veces. Me acerco a mi marido, estoy justo detrás de él, echándole el aliento en el cuello, se me pasa por la cabeza la idea de empujarlo. ¿Tendría bastante fuerza para tirarlo por encima del antepecho? Y si se agarra a la barandilla, ¿sería capaz de presionarle los dedos para que caiga al vacío? Sé que sí. La casa no tiene ninguna luz delante ni ningún edificio comprometedor enfrente, no hay ningún vecino que pasee al perro tan tarde. Sé que no corro ningún riesgo. La decisión solo depende de mí: ¿mi marido merece vivir? No me cuesta nada imaginármelo inconsciente en el suelo, con la cabeza destrozada y el cerebro inundado de sangre. Aún me cuesta menos imaginarme como una viuda desconsolada (a las rubias les sienta bien el negro): esa mujer que *lo tenía todo para ser feliz* y cuya existencia ha cambiado de rumbo por culpa de un accidente estúpido. Titubeo, renuncio y retrocedo. Sin duda es una venganza desproporcionada por obligarme a dormir con las contraventanas cerradas. A cambio, unas lágrimas rojas y furiosas me brotan de los ojos secos como dos volcanes en erupción. ¿Por qué es incapaz de hacer la menor concesión?

Al darse la vuelta, mi marido me encuentra llorando (¿por qué no parece sorprendido?). Se inclina hacia mí y me pregunta si ha pasado algo malo. No sería razonable explicar que estoy empezando a volverme loca por dormir en la oscuridad, que llevo desde el lunes planteándome muy en serio rebelarme contra esa injusticia estructural e infligirle el correspondiente castigo. No me veo contándole que acabo de imaginarme su asesinato mientras me preguntaba qué me iba a poner para su entierro (tengo un vestido negro de la temporada pasada que iría que ni pintado, pero ¿no sería más conveniente comprar un modelito nuevo para la ocasión?). Tampoco puedo decirle que me arrepiento de haber corrido un riesgo tan insensato tirándome a Pierre durante el cumpleaños de nuestra hija. Y, por último, no puedo confesarle que sigo esperando una explicación por lo de la clementina, que me gustaría saber de una vez por todas por qué eligió esa fruta ridícula para representarme. Ni siquiera puedo volver a la carga y acorralarlo: ¿Estás seguro de que en la noche del miércoles al jueves no me dijiste que me querías mientras estabas dormido? ¿Cómo puedes estar tan seguro?, a lo mejor hablas en sueños sin saberlo. ¿Con qué derecho cuestionas la veracidad de mis percepciones, tanto más cuanto que yo no estaba dormida? ¿Y podrías explicarme por qué no volviste a cogerme de la mano la noche del martes cuando estábamos viendo la tele en el sofá?

Como no sería razonable decirle la verdad, tiro por otro lado. Murmuro: la familia, los niños, el trabajo, el matrimonio. Mezclo mis pesares reales con los primeros reproches que se me ocurren. Un torrente confuso del que mi marido no puede sacar nada en limpio salvo que lamento que los ratos que pasamos él y yo a solas cada vez sean más escasos. Me contesta que pronto estaremos de vacaciones y que pasaremos varias semanas juntos.

Me arrepiento de haberme derrumbado delante de mi marido. De qué ha servido dármelas de mujer fuerte si luego me echo a llorar la noche de su día favorito. De qué ha servido esmerarme con el maquillaje si ahora tengo las mejillas llenas de churretes de rímel. Además, como he estado llorando, puedo tener la certeza de que mi marido no me va a hacer el amor esta noche. Nunca se acuesta conmigo si me ha visto llorar a lo largo de las veinticuatro horas anteriores (¿será que le dan asco las lágrimas?).

Aun así, cuando ya me he tranquilizado, me atrevo a pedirle que me cuente cómo nos ha ido el día. Intento no hacerlo con demasiada frecuencia. A veces, cuando está cansado o no le apetece, se niega a hacerlo. Pero esta noche, se presta dócilmente a participar en el juego.

La idea es sencilla: tiene que describirme, desde su punto de vista, el día que acabamos de pasar juntos, desde el desayuno hasta la hora de acostarse. El ejercicio consiste en ponerle palabras a todo lo que hemos vivido juntos. Prefiero sus palabras a las mías porque me fío más de su interpretación de los hechos, que suele ser más objetiva que la mía. Además, me he fijado en que tiene tendencia a eliminar del relato los problemas, las contrariedades, los bostezos y los suspiros, que en mi mundo suelen ocupar tanto espacio que eclipsan todo lo demás.

Me cuenta su despertar matutino, su buen humor del sábado, su zumo de naranja recién hecho, su *footing* alrededor del lago, el desayuno con los niños de vuelta en casa, una crónica sobre un jabalí doméstico que echaban en la radio y les hizo mucha gracia a los tres, nuestra conversación en el cuarto de baño, la visita a la biblioteca con los niños donde se cruzó con los padres de un compañero de clase de nuestro hijo, el padre es abogado y la madre piloto comercial, tendríamos que invitarlos a cenar algún día, los preparativos para la fiesta de nuestra hija, la dicha de verla tan feliz rodeada de sus amigos, la compra en la frutería, también se pasó por la bombonería para comprarme una tableta de chocolate con frambuesa, la vuelta a casa en coche, el programa de radio sobre la crisis ecológica que lo dejó pensativo, ¿estamos haciendo lo suficiente?, ¿en qué mundo van a crecer nuestros hijos?, el juego de mesa al que jugamos los cuatro después de cenar, la ternura que le produce que nuestro hijo se porte tan bien con su hermana pequeña, y también la complicidad que tienen, el placer de la copa de vino después de acostar a los niños, ese vino que le encanta y del que Pierre le trae una caja todos los años desde Burdeos, lo raro que parecía estar Pierre esta tarde aunque no sabría decir por qué, nuestra hija apareciendo en el umbral, la televisión aburrida, su cansancio súbito, la cama, las precauciones para colocar en la mesilla el reloj de cumpleaños, que, por cierto, no sabe si lo habrá estropeado ayer, mis lágrimas de cansancio y, por último, yo, que me vuelvo hacia él en la almohada, tras recuperar la calma, con esa mirada que ya conoce: le voy a pedir que me cuente nuestro día desde su punto de vista.

Estoy pendiente de cada palabra. Deslumbrada, observo nuestro mundo desde la ventana de enfrente. Luego mi marido me pide que me desnude. Una vez más, me hace el amor el día en que he estado con otro hombre (empiezo a creer que tiene un instinto masculino muy fuerte). Qué feliz soy. Nunca me habría atrevido a esperar semejante cosa: primero porque acababa de llorar, pero también porque ya hicimos el amor la noche del jueves. Una vez a la semana resulta razonable, es nuestro promedio (tengo nuestras estadísticas muy presentes, apuntadas por ahí en alguna libreta, y se aproximan mucho al promedio francés). Una vez a la semana resulta respetable, ni mucho ni poco. No para presumir con Nicolas en sus noches de chicos, pero tampoco para avergonzarse. A los cuarenta, una vez a la semana es la norma. Y así es como quiero ser, normal.

Cuando termina, me da un beso antes de darse la vuelta hacia su lado de la cama para dormirse. Odio cuando me da la espalda, pero así es como mejor duerme, ¿sería legítimo reprochárselo? ¿Tiene el marido la obligación de dormir de frente a su mujer? ¿Qué hacen los demás matrimonios?

Inmediatamente, empieza a picarme el cuerpo. No consigo dormirme por mucho que me presione la muñeca con los dedos corazón e índice. Las preguntas que suelen tranquilizarme no surten efecto. Ni siquiera la nana que me inventé me sirve de ayuda.

No llores más, no llores más,
él dice que es verdad, él dice que es verdad,
mañana me querrá, mañana me querrá.

Pienso en el cuerpo que me pica y en el cuerpo de mi marido, tan próximo al mío aunque ya no me esté permitido acercarme a él (qué vértigo da pensar que hace menos de diez minutos estaba dentro de mí). Oyendo el ritmo de su respiración, sé que no está dormido. Es un poco más rápido de lo que debería, como mucho, está fingiendo. Pero me reafirmo: mi marido está despierto (y si hay algo que sé detectar es cuándo está dormido). Debe de ser que al no dormirme yo, le impido dormir a él. Me oye rebullir, rascarme, pensar (no creo que de verdad pueda oír cómo pienso; pero sí que sé que cuando se está reflexionando, el cerebro consume mucha energía, ¿será que mi marido nota ese calor?).

Llevamos una hora metidos en la cama. Ya no me atrevo a moverme. Noto que mi marido me guarda rencor porque no me duermo. Mi presencia reprobatoria en la cama le resulta agotadora. Y es cierto que tengo muchos reproches que hacerle sobre el sueño: ¿de verdad necesita estar totalmente a oscuras? ¿Por qué me tiene que dar la espalda? ¿No podríamos dormir bien pegaditos? ¿Por qué siempre le cuesta tan poco conciliar el sueño aunque hayamos tenido un día difícil, mientras que yo puedo tardar varias horas?

De pronto, se da la vuelta y se inclina hacia mí. Doy un respingo y luego me quedo totalmente quieta. Tiene la cara muy cerca de la mía, alza la mano hacia mí. El tiempo se ralentiza, ya casi no transcurre. Mi marido va a agarrarme del cuello y a apretarlo con mucha fuerza. Va a oprimirlo hasta cortarme la respiración. Está harto de oírme pensar y de notar que lo miro. Sabe que grabo nuestras conversaciones y que las vuelvo a escuchar en el móvil. Sabe lo de Pierre. Se siente espiado. Me va a estrangular, aunque en realidad el que se asfixia es él. Quiere hacerme desaparecer. Voy a morir entre sus dedos porque está harto. Mi marido está encima de mí, se acerca, me pone la mano en el cuello. No voy a debatirme. No voy a gritar ni a ofrecer resistencia.

Mi marido se me acerca mucho a la cara y me da un beso en la mejilla:

—¿Sigues despierta, ángel mío?

Domingo

A esta hora, el aire está resplandeciente y el sol inunda la cocina. Oigo cómo se abren las contraventanas en la planta de arriba y los pasos de los niños en la escalera. La casa se despierta.

Mis hijos sacan los tazones de la alacena, me preguntan qué tal he dormido (¿eso no debería hacerlo yo?). El ritual del desayuno se desarrolla despacio, pero me irrita menos que el de la cena (no sé por qué, mis hijos me resultan más entrañables cuando están en pijama). Mientras tanto, mi marido pone una música brasileña que casa perfectamente con el olor a pan tostado y el ambiente apacible del domingo por la mañana.

Mientras me estoy acabando el café, mi marido se me acerca al oído y susurra:

—A ver si encontramos un rato para hablar.

Y tras una breve pausa, añade:

—Es importante.

Estoy abochornada, pero no muestro ninguna reacción. Ahora más que nunca toca ser una belleza fría. Tomo otro sorbo de café para recuperar el aliento.

Estoy segura de que me ha fallado el corazón. Leí un artículo muy serio sobre el síndrome del corazón roto. Los japoneses incluso le han puesto nombre: Tako-Tsubo. En Francia, los médicos suelen llamarlo miocardio aturdido: el corazón se para por culpa de un disgusto repentino y se vuelve a poner en marcha. Pero sé que morir de amor no solo les está reservado a las protagonistas de las novelas del siglo XVII. Me pongo discretamente la mano en el pecho: noto cómo se contrae el corazón por detrás del esternón, las válvulas y los ventrículos se cierran un instante. Todo va bien.

Mi marido ha pronunciado esa frase asesina inclinándose hacia mí y poniéndome la mano en la espalda, por debajo de la cintura. ¿Por qué me ha tocado con la mano? ¿Para atenuar el impacto de la petición estableciendo un contacto físico entre los dos? ¿O, por el contrario, es una forma de indicarme que lo que me tiene que decir es algo importante sin llegar a ser grave? ¿Que tenemos que encontrar un rato para hablar, pero que no tengo por qué preocuparme? ¿O es una forma de poner buena cara delante de los niños? ¿Me habrá susurrado esas palabras delante de ellos porque no se fiaba de mi reacción? Utilizarlos como escudo es una cobardía y no le pega nada.

Mi marido retoma el hilo de la conversación como si tal cosa. Cuando termina de beberse el café, sube a ducharse mientras yo me quedo sentada a la mesa del desayuno. Busco un objeto verde a mi alrededor, cualquier cosa en mi campo visual que me pueda garantizar que no tengo de qué preocuparme. Pero no encuentro nada. Mis ojos se detienen en el reloj de la cocina, es azul pavo real: ¿se podría considerar que es verde oscuro?

Mis hijos me dicen cosas, pero ya no entiendo el significado de sus palabras. Durante un minuto, se expresan en un idioma lejano e incomprensible que no logro descifrar:

—¿Mamá? Mamá, ¿estás bien?

Me gustaría contestarles que no, que no estoy bien, que mi marido va a dejarme esta noche. O, para formularlo de otra forma, para que se sientan más implicados: vuestro padre va a dejarme esta noche, ¿lo entendéis? Os lo anunciaremos la semana que viene después de cenar, probablemente el miércoles por la noche, cuando hayamos dedicado tiempo a elegir las palabras y el momento para contarlo. Estaremos los cuatro sentados en torno a esta misma mesa, vuestro padre se levantará para apagar la música, volverá junto a mí, me pondrá una mano solemne en el hombro, se sentará de nuevo y será el primero en hablar:

—Niños, mamá y yo tenemos que deciros algo importante.

Contará las cosas de una forma muy adulta. Os recordará que os queremos mucho y que eso no va a cambiar con la separación. Os dirá que no es culpa vuestra y que, a pesar de todo, seguiremos siendo una familia.

Esta escena que no me cuesta nada visualizar (por haberla imaginado tantas veces) me trae un alivio inesperado. No es que estuviera loca. Mi angustia estaba fundada, mi miedo era legítimo. Tenía todos los motivos del mundo para preocuparme: mi marido sí que tenía planeado dejarme.

Sin embargo, ese ni siquiera es mi mayor miedo. Tengo miedo de que se vaya, de que pida el divorcio, de que me engañe, de que siga enamorado de su amor de juventud, de que se enamore de una compañera, de que sea homosexual, de que ya no sienta ninguna pasión por mí. La lista de mis miedos es larga, pero hay uno que supera a todos los demás, tanto que me entra vértigo. Mi mayor miedo es que algún día lleguen a decir de nosotros: ese hombre pasó treinta y cinco años con una mujer que no era la adecuada.

El dolor es persistente, es un pulpo que se me agarra al corazón y lo oprime. Me duele todo y ya no oigo nada, pero siento alivio. Al dejarme, mi marido va a corregir la situación, a rectificar el tiro. Siempre toma las decisiones correctas, suele tener razón (sobre leer a Proust, sobre qué trayecto seguir para no pillar tráfico, sobre los análisis geopolíticos que hace de Oriente Medio). Confío ciegamente en su criterio: el corazón le late con rectitud y es un padre estupendo. Si se marcha, será porque es lo que hay que hacer y el momento adecuado para hacerlo. Yo ya no tengo más que dejarme llevar. No tengo por qué preocuparme ni encargarme de nada. Me pongo en sus manos para que me deje.

El alivio me atenúa el dolor. Es el descanso que se siente cuando acaba ocurriendo lo que te temías. Cuando estás jugando al escondite y te encuentran. Cuando ese allegado al que tanto querías y llevaba tanto tiempo enfermo fallece. Cuando al protagonista de una peli de miedo lo acaba atrapando la criatura monstruosa que no paraba de perseguirlo. Está bien. Ya no tengo nada que temer porque lo peor ya ha sucedido.

Tenía miedo de que mi marido estuviese deseando divorciarse, pero no se atreviera a dar el paso. Cuanto más pasaba el tiempo, menos me garantizaba el hecho de estar todas las noches presente en nuestra cama, que de verdad quisiera estar allí. Sabía que nuestro matrimonio, nuestros dos hijos y nuestra casa lo forzaban a quedarse conmigo. Paradójicamente, me sentía mucho más tranquila cuando acabábamos de conocernos. Por entonces, el amor que sentía por mí era más puro porque nada lo retenía a mi lado. Hoy me gustaría gritarlo a los cuatro vientos, decírselo a todas las mujeres que esperan el matrimonio como una prueba suprema de amor: el matrimonio no garantiza nada salvo que, si él te engaña con una compañera, no te lo contará porque tendrá mucho que perder. Por no hablar de tener hijos con el hombre al que quieres: estará atado a ti durante años en los que no habrá deseo.

En el cole, un noviazgo puede durar lo mismo que un recreo. En el insti, una semana: empieza el lunes y se termina después de la última clase del viernes. En bachillerato, puede que uno o dos meses: te enamoras en septiembre y para Todos los Santos se acabó lo que se daba. Los plazos de ruptura ya se van alargando. Al cumplir los veinte, la separación puede tardar un año entero; pero a poco que a uno de los dos le falte valor, la cosa puede prolongarse dos años más. A partir de los cuarenta, las parejas tardan al menos diez años en separarse. Diez años entre el momento en que comprueban que lo suyo ya no funciona y el momento en que deciden dejarlo.

Menos mal que mi marido no es ningún cobarde. Siempre he admirado su franqueza; aunque en realidad ya no sea lo que más me convenga, se puede decir que en ese aspecto mi marido es una persona maravillosa. No se va a pasar varios años retrasando que nos pase lo inevitable. Me dejará de un tirón, de la noche a la mañana. Hoy, al levantarnos, estábamos casados y cuando nos despertemos mañana estaremos separados (qué vértigo da pensar que pronto me estará vedada su boca, que ya no me estará permitido acercarme a él para darle un beso, que ya no podré hablar de él llamándolo «mi marido»).

Es fácil reconocer una primera vez, pero casi nunca se sabe que se está viviendo una última vez. ¿Cómo iba yo a adivinar que era el último lunes despreocupado que pasábamos juntos? ¿La última cena con amigos? ¿La última vez que me hacía el amor (de haberlo sabido, me habría grabado en la memoria cada uno de sus vaivenes dentro de mí, su aliento en mi cuello, la forma en que me dio la vuelta en el colchón)? Y, además de eso, a otra escala, ¿cómo iba yo a prever que iba a ser la última Navidad que pasábamos en familia? ¿El último cumpleaños de nuestra hija que celebrábamos todos juntos? ¿Las últimas vacaciones que compartíamos los cuatro? Si pudiéramos identificar las últimas veces con la misma evidencia que las primeras, no cabe duda de que viviríamos miles de momentos con mayor intensidad.

Se acabó. Mi matrimonio se hunde, es un fracaso (una ruptura siempre lo es). Aun así, no sé si lamento haber elegido esta vida de enamorada. Porque todos, en un momento dado, tenemos que tomar una decisión: elegir entre amar o que nos amen. No existe ninguna pareja en la que ambos se quieran por igual, no es cierto. Así que debes establecer a qué vida amorosa aspiras: ¿vas a ser el que recibe o el que da?

Antes de conocer a mi marido, tuve una relación con un joven que me quería más de lo que yo lo quería a él. Dos años con Adrien durmiéndome antes que él por las noches, dos años sin disgustos, pero sin pasión. Con mi marido, supe en el acto que iba a pasar todo lo contrario, que la relación de fuerzas jugaría a su favor. Así que tuve dudas. Incluso rompí con él unos meses después de conocernos para darle otra oportunidad a Adrien. Dos semanas de asueto arrullada por el sonido de las olas. Pero al final elegí a mi marido. Dejé atrás a Adrien y el mar, renuncié a la comodidad de que me amaran y volví definitivamente con mi marido. Me parecía que amar era la opción más noble. Y además, él me atraía tanto que me pregunté sinceramente qué iba a hacer si no lo veía todos los días de mi vida. Su forma de hablar, de moverse por una habitación, de gesticular con las manos: todo lo suyo me trastornó inmediatamente. Respirar el mismo aire que él, compartir su cama, irme de vacaciones con él: todo me parecía un privilegio que no se podía rechazar. Resumiendo: el carisma de mi marido me nubló el juicio.

A día de hoy, no diría que me arrepiento de haber elegido esa opción, pero soy consciente de que hay que pagar un precio muy alto, mucho más de lo que había previsto. Si hubiera elegido que me amaran en lugar de amar, seguramente habría sido mejor madre, también habría tenido más disponibilidad mental para forjar buenas amistades y tener una auténtica ambición profesional.

¿Por qué me deja este año? ¿Por qué me deja en primavera? ¿Por qué me deja hoy? En cualquier caso, el domingo es una elección estratégica, porque se trata, indiscutiblemente, de un día blanco. Aunque otros días de la semana susciten polémica cuando se trata de asignarles un color, el domingo luce el suyo por unanimidad. Obviamente, es el blanco de lo sagrado. También es una promesa universal de paz: así, mi marido se asegura de que nuestra separación será pacífica. Y además ha puesto música brasileña, que es la que escucha cuando está tranquilo y sereno. Significa que no lo atormenta haber tomado esa decisión: está convencido de lo que ha hecho y no va a replanteárselo. Todo va a ir bien.

Pero el blanco del domingo no es tan sencillo como aparenta. La óptica nos enseña que el blanco es el resultado de mezclar todos los colores (y no la ausencia de colores, como pensaba yo). No es la pureza de la novia ni el vacío de la hoja en blanco: el domingo no es ni neutro ni ingenuo. El blanco es la síntesis de todos los colores, al igual que el domingo es la síntesis de todos los días de la semana. Es un resultado final, el último capítulo, la solución.

Mi hija se sienta al piano. Mi hijo saca el clarinete. Están ensayando para el concierto de fin de curso del conservatorio. Será dentro de tres semanas y ya me sé la pieza de memoria. Hay que imaginarse un prolongado y plañidero lamento, o más bien, a un niño de cuatro años lloriqueando durante siete minutos (no es que Poulenc suela ser muy festivo, pero este dúo para piano y clarinete es de lo peor). Si vuelvo a oírlo una vez más, acabará con las últimas fuerzas que me quedan. Subo a ducharme. Me lavaré la cabeza para estar segura de no oír nada.

Me quedo mucho rato mirándome reflejada en el espejo del cuarto de baño y no me reconozco. Puede que una ducha me devuelva un poco a mi ser. Dejo que corra el agua cada vez más fría. Giro el grifo hasta que el chorro helado se me clava dolorosamente en el cuerpo. El frío me anestesia. Me ayuda a dejar que me arrulle el blanco del domingo. Las partículas de polvo flotan en el aire, las vislumbro en un rayo de sol. Al ponerme un poco de crema hidratante en la mano, se me antoja de un blanco inmaculado, los demás días de la semana no me había fijado en ese blanco tan brillante. Hace un rato, también me llamó la atención el particular resplandor de la leche de los niños en los tazones. Y elijo, con la mayor naturalidad, una blusa de seda blanca finita. Porque delante del armario, de pie en ropa interior, el blanco me parece de pronto el color más reconfortante de todos, y el único que es razonable vestir para sobrellevar el día de hoy.

El blanco me alivia, pero no basta para acallar las preguntas que me planteo una tras otra. Resulta que hace poco me enteré de qué existen dos modos de pensamiento: algunas personas piensan como si mantuvieran un largo monólogo interno, construyendo auténticas frases; mientras que otras reflexionan mediante conceptos abstractos. La primera categoría, en la que me incluyo, representa casi al 60 % de la población. De modo que estoy hablando mentalmente cuando me pregunto: ¿Por qué me deja ahora? ¿Por qué me deja esta mañana? ¿Por qué me deja hoy?

¿Será que mi marido hace tiempo que ya no me quiere pero ha esperado para comunicármelo a que los niños sean lo bastante mayores? ¿Habrá pensado que sería buena idea divorciarse antes del verano? Así podríamos mudarnos durante las vacaciones y no cambiar a los niños de colegio a mitad de curso.

Lo que sí que me sorprende es que me deje en junio. Las estadísticas son claras a este respecto: hay más divorcios después de las vacaciones que antes (al final del verano y en Navidad). Tengo estas cifras enmarcadas en rojo en la libreta de aprendizaje amoroso. Los sociólogos y los economistas llevan años observando que no hay una correlación entre la tasa de divorcios y la curva de desempleo o la evolución del mercado inmobiliario; en cambio, en cada periodo posvacacional, los divorcios aumentan sistemáticamente.

Además, según los últimos datos del Instituto Nacional de Estadística y de Estudios Económicos, el riesgo de divorcio entre las parejas casadas es mayor al cabo de cinco años de matrimonio. No tiene ningún sentido, nosotros llevamos trece (¿será que la mala suerte depende del número?). Si nos separamos en el mes de julio al cabo de trece años de matrimonio, vamos a ser la excepción que confirma la regla. Pero tiene que haber una razón que explique por qué mi marido me deja ahora. ¿Será que el jueves me vio con Maxime? ¿Que ayer se dio cuenta de algo con Pierre? ¿Que ha conocido a alguien? Me va a dejar por otra, segurísimo. De hecho, ahora me parece obvio: los billetes para Venecia no eran para mí. Nunca hemos estado allí juntos, no tenemos ningún recuerdo: es el sitio ideal para ratificar un nuevo idilio. Con esa nueva pareja descubrirá el Palacio Ducal. El primer «te quiero» se lo dirá delante de la basílica de San Marcos y harán el amor durante horas en la habitación del hotel con vistas al Gran Canal.

Mientras me abrocho el pendiente (un arete de oro que me regaló mi marido y que nunca más podré ponerme sin llorar), de pronto se me revela la verdad, sencilla y escalofriante. Mi marido no sabe lo de Maxime ni lo de Pierre. Tampoco ha conocido a nadie, los billetes para Venecia sí que eran para mí. Me va a dejar porque ha encontrado la libreta de castigos que llevo al día escrupulosamente desde hace dos años.

Se topó con ella moviendo unos libros en la biblioteca. Al abrirla, descubrió, atónito, las líneas y mis comentarios al margen. Esa libreta no se parece en nada a un diario íntimo: no hay largas quejas patéticas (al igual que Fedra, no me gusta explayarme), no hay análisis psicológicos. Está todo metido en tres columnas trazadas con regla: delito, pena y fecha.

En las primeras páginas de la libreta, he podido recoger los delitos más habituales y las penas correspondientes. Así pues, «olvidarse de darme las buenas noches antes de quedarse dormido» implica por mi parte «nada de caricias al día siguiente». Del mismo modo, «mirar el móvil mucho rato o reiteradamente en el sofá del salón conmigo al lado (aunque la tele esté encendida)» conlleva el siguiente castigo: «no coger el teléfono la próxima vez que llame (ni devolver la llamada antes de que haga al menos dos llamadas perdidas)».

Son dos castigos que, por desgracia, he tenido que aplicar a principios de semana y cuya finalidad es restablecer el equilibrio entre el comportamiento de mi marido y el mío. Es el principio de la justicia distributiva (y sé por experiencia lo importante que es formar parte de una pareja en la que reina un mínimo de equidad).

Para romper la contingencia, he optado por establecer un código: a cada delito amoroso le corresponde una pena. Así de simple. Esta libreta certifica el fin de la arbitrariedad (a mi hijo de nueve años se lo enseñaron en clase el primer trimestre, un poder arbitrario es una autoridad que carece de reglas que la limiten y cuyo ejercicio obedece a la voluntad de un soberano: queda totalmente descartado que yo viva en un matrimonio tan del Antiguo Régimen). Se acabó el ser una caprichosa, el cambiar de opinión de un día para otro, el estar resentida con mi marido el lunes y el martes pensar que tampoco era para tanto: las reglas existen y son las mismas en todo momento, hay que seguirlas.

Al aplicar las penas, no hay caso particular ni circunstancia atenuante que valga. No le busco excusas a mi marido: me ciño a los hechos e infiero de ellos las consecuencias. Tanto si está cansado como estresado o enfermo, se aplica el mismo código. En un tribunal, el juez no se pregunta si el acusado proviene de una familia humilde o si cuando se produjeron los hechos había tenido un mal día: a cada delito equivale una pena. Del mismo modo, yo no tengo en cuenta si a mi marido su madre casi no lo cogió en brazos de pequeño ni si ha tenido una semana complicada. Es duro, pero así son las reglas.

Un delito, una pena. Trescientos sesenta y cinco días al año. Esa es la base de nuestro sistema jurídico moderno, que ha demostrado su valía. ¿Por qué no iba a poder ampliarse a la esfera privada? Las leyes regulan nuestro comportamiento y nos permiten convivir; la vida doméstica no es una excepción: mi marido sabe de sobra que tiene que darme las buenas noches todos los días, que debe respetarme y serme fiel.

Hay semanas en que la libreta se queda detrás de la biblioteca sin que necesite anotar nada. Las semanas sin castigos existen, lo que significa que es algo factible.

Este sistema no es para nada cruel sino todo lo contrario. Para empezar, aspira a simplificarme la vida. Limita la cantidad de cosas que tengo que preguntarme cada día: cuando mi marido me da un disgusto, ya sea por una tremenda traición (la clementina) como por una ínfima (el móvil en el sofá), sé a qué atenerme (aplicar la pena correspondiente). Una línea escrita a pluma y la solución aparece ante mí. Así limito las noches de angustia, las heridas que se pudren y no se curan nunca; porque en el momento en que mi marido recibe su castigo, considero que ha saldado la deuda. Entonces puedo empezar a perdonarlo.

En la libreta van entrando regularmente nuevos delitos; con los años, a mi marido siempre se le ocurren nuevas formas de torturarme. Pero yo también tardo a veces cierto tiempo en tomar conciencia de las injusticias que padezco. Como en el caso de las contraventanas del dormitorio que se cierran todas las noches. Nunca había pensado que mi marido mereciera un castigo por eso, que su necesidad de dormir a oscuras fuera constitutiva de infracción. Pero esa frustración me ha empezado a crecer por dentro, a ocupar cada vez más espacio hasta que anoche acabé llorando de rabia. Todavía no se me ha ocurrido un equivalente que pueda restablecer el equilibrio, una pena capaz de compensar las cuarenta mil horas de sueño destructoras que he pasado a oscuras. Encontrar un castigo proporcional a la falta es lo más difícil: no ser ni demasiado severa (no voy a empujarlo por la ventana como se me pasó por la cabeza ayer) ni demasiado laxa (negarme a darle un beso por la mañana no basta). ¿Quizá una pena a largo plazo, como un envenenamiento?

¿Una dosis pequeñita en el café por cada mañana que haya dormido mal por culpa de las contraventanas? Obviamente, no tanto como para matarlo (la proporción entre los delitos y las penas es el mismísimo fundamento de la justicia), pero un poco de laxante o de somnífero podría valer.

Por supuesto, no todo está tan claro. Hay una zona gris. Por ejemplo, odio que mi marido se duerma dándome la espalda, pero no creo que eso pueda ser constitutivo de delito de por sí. No me gusta, pero no está prohibido.

Esta semana ha sido especialmente dura. Creo que no ha pasado prácticamente ningún día sin delito ni pena. Maxime fue, sin duda, mi castigo más grave. Llevaba meses tonteando con él. Pero lo que me decidió a pasar a mayores fue que mi marido se retractase sobre la declaración de amor en plena noche. Su castigo fue que me acostara con otro hombre; un castigo que puede parecer severo, pero que, sin embargo, es justo: negar las percepciones de alguien es un acto tan violento como un adulterio. Si mi marido hubiese confirmado sus «te quiero», nunca me habría acostado con Maxime. Habría aprovechado esa falsa junta de profesores para ir de compras. Cosa que tampoco le habría contado a mi marido, por cierto: le gusta que vaya bien vestida, pero esa actividad le parece trivial, así que renuevo mi vestuario discretamente (aunque a veces él se dé cuenta, como con el vestido nuevo que me puse el martes para ir a casa de Louise y Nicolas).

Lo que pasó con Pierre ayer fue algo distinto. Se me fue totalmente de las manos. Por supuesto, tenía que castigar a mi marido por el desliz con Lucie; pero no de esa forma, no en caliente ni ciega de rabia. Antes de reaccionar, siempre dedico tiempo a escribir la falta de mi marido en la libreta y no lo castigo hasta el día siguiente, rara vez el mismo día. Para que la justicia funcione, resulta primordial que sea desapasionada. Así se limitan los excesos: reaccionar en caliente como hice ayer me llevó a correr un riesgo insensato.

Esta semana he tenido que infligirle a mi marido otros castigos, entre ellos «hacer que no lo oigo cuando me dice algo» y «cambiar sus cosas de sitio (cartera, llaves, mochila, ropa, documento importante)». Estas dos penas correspondían a sendas infracciones: «retirar la mano de la mía y no volver a cogérmela luego» y «humillación delante de testigos (amigos o familia)». Para esta última, le escondí la cartera para que perdiera tiempo a la hora de marcharse a trabajar. Como todos los días, él la había dejado en el mueble del vestíbulo; solo tuve que meterla en el bolsillo del pantalón que llevaba el día anterior.

Pero dada la gravedad de la triple humillación durante la cena en casa de Nicolas y Louise (los recuerdos desagradables de nuestros inicios como padres primerizos, eliminarme de la anécdota sobre la alarma de seguridad en la fiesta de cumpleaños y, cómo no, la clementina), decidí ocultar también la carpeta que contenía documentos de trabajo importantes. Sabía que así no solo le haría perder el tiempo sino que también tendría que llamarme para pedirme que se los llevara.

Empecé a cambiarle las cosas de sitio hace años, mucho antes de instaurar la libreta de castigos. Una mañana le saqué las llaves del bolsillo del abrigo mientras se estaba duchando. En otra ocasión, volví a meter en el armario un paquete que tenía que llevar a la oficina de correos y que había dejado en el vestíbulo para que no se le olvidara. Al cabo de unos meses, mi marido estaba tan preocupado que pidió cita en el médico.

La cosa empezó con buena intención. Acababa de reincorporarme al trabajo después de que naciera nuestra hija y hacía semanas enteras que mi marido y yo apenas coincidíamos: yo salía de casa por la mañana temprano y él no volvía hasta la noche. Fue entonces cuando empecé a cambiarle de sitio las cosas para que me pidiera que se las llevase al trabajo. Quedábamos cerca de su oficina y aprovechábamos para tomar un café antes de su siguiente reunión. Eso fue lo que hice el miércoles con la carpeta y no me arrepiento: creé de la nada un momento precioso en pareja (los recuerdos amorosos no caen del cielo, alguno de los dos tendrá que sacrificarse para fabricarlos). Además, me gusta ser la que siempre sabe dónde están las cosas y soluciona las situaciones complicadas: así le estoy recordando constantemente cuánto me necesita.

Empecé a cambiar de sitio las cosas de mi marido porque lo echaba de menos. Seguí haciéndolo para castigarlo y porque se lo merecía.

Mi marido ha descubierto mi libreta de los castigos. Jamás me lo perdonará. ¿Quién podría hacerlo? Si al menos hubiese encontrado la libreta de aprendizaje amoroso o la que detalla sus elecciones musicales: me habría muerto de vergüenza, pero podría haber explicado que estaba investigando para una traducción. Esta vez, el careo será esta noche y no tengo forma de negar o minimizar los hechos.

Me tiembla todo el cuerpo, ya no puedo respirar. Tengo calor, frío, miedo, hambre, sueño (no sé muy bien qué, la verdad). Necesito una excusa para salir a dar una vuelta en coche. Le digo a mi marido que se me ha terminado el último blíster de la píldora y que tengo que ir a la farmacia sí o sí.

Voy conduciendo sin rumbo y solo pienso en una cosa: el CD de Supertramp que está guardado en la guantera.

Las primeras notas de la flauta travesera me trasladan de inmediato a la década de 1980. Pero esta canción me parece de candente actualidad. Es como si la hubieran escrito para mí. Compuesto para *este* trayecto en coche, para ponerle música al final de *mi* matrimonio.

El teclado llega de puntillas, casi con prudencia por debajo del saxo. Hasta que se irrita y se impone a los demás. Luego van entrando la batería, que se suma a la desesperanza, y el saxo, que le añade un grado más. Y, por último, las primeras palabras. Sin ambigüedades: un lamento. Suplicante, directo.

Don't leave me now
Leave me out in the pouring rain
With my back against the wall

No puedo evitar ir traduciendo a la vez que canto (deformación profesional). No me dejes ahora. No me dejes bajo la lluvia torrencial, con la espalda contra la pared. Para que este momento sea perfecto, tendría que estar lloviendo contra el cristal mientras los limpiaparabrisas se mueven desesperadamente. Falta la *pouring rain* de la canción (pero no hay peligro de que me caiga encima con este cielo de junio desesperadamente azul).

Don't leave me now
Leave me holding an empty heart

No me dejes ahora. No me dejes con el corazón vacío. Tengo el corazón repleto de amor por mi marido. ¿Dejará de funcionar si ya no tengo a quien querer? ¿Seguirá operativo sin motor y sin meta?

Cuando paro en el semáforo, un conductor se me queda mirando. La verdad es que voy cantando a voz en grito, con pinta de estar destrozada. Seguramente se estará preguntando si voy a estamparme contra una pared a la vuelta de la esquina. El semáforo se pone verde. Con el pie en el acelerador y las lágrimas nublándome los ojos, canto con todas mis fuerzas. No cabe duda de que la canción surte efecto (ya estoy en trance y eso que ni siquiera ha empezado el solo de saxo). En el colmo de la desesperación, me salto un *stop*. Si me para un policía, mi cara llena de lágrimas debería quitarle las ganas de ponerme una multa.

La canción de Supertramp dura seis minutos y diecisiete segundos. Es mucho (la duración media de un tema es de tres minutos y cuarenta y nueve segundos) pero no suficiente. Vuelvo a ponerla, una vez, dos veces. La emoción sigue intacta. Luego me seco las lágrimas y busco una farmacia de guardia. Antes de salir del coche para entrar en casa, me empolvo la nariz.

El resto del día transcurre sin mí. Vamos a hacer la compra, comemos en casa de los padres de mi marido, los niños dan una vuelta al lago en bici, nos tomamos un café al volver del paseo, me como un pedazo de chocolate con frambuesa, coso un botón en una camisa de mi marido, cenamos y los cuatro echamos una partida a un juego de mesa. Pero actúo y hablo a tontas y a locas. Elijo la fruta y la verdura al azar. Me equivoco de salida en la rotonda yendo a casa de mis suegros. Casi me atropella un coche por mirar en la dirección equivocada al llegar al lago. Se me olvida tomarme el café que se acaba enfriando en la barra de la cocina. Al comerme el chocolate, me muerdo la lengua tan fuerte que el sabor se me mezcla en la boca con el de la sangre. Me pincho varias veces con la aguja para ver si aún soy capaz de sentir algo. Me quemo aposta al preparar la cena. No me entero nunca de cuándo me toca jugar.

Pero sonrío. Le explico a mi marido que estoy cansada y es cierto. Estoy molida. La presión, las dudas, la espera: todo ha vuelto a caer de golpe. Ya solo queda el cansancio, inmenso.

Los niños por fin están acostados. Mi marido se ha quedado en sus cuartos un rato más que de costumbre. ¿Les habrá dejado caer algo para preparar el cambio que está a punto de acontecer en nuestra familia? ¿Les habrá leído algún libro para niños sobre la separación y los padres que se divorcian, pero siguen queriendo mucho a sus hijos? ¿O les habrá explicado algo sobre la historia de Francia como cuando eran pequeños? ¿Les habrá contado cuando Napoleón deja a Josefina por una mujer más joven?

Oigo correr el agua y apenas respiro mientras lo espero sentada en la cama. Me pongo la mano delante de la nariz para comprobar que sigo respirando. Ni siquiera estoy segura de saber cómo se hace. Ya no estoy segura de saber cómo se extrae el oxígeno del aire al inspirar, ni de saber soltar el dióxido de carbono al espirar.

Mi marido sale de la ducha. Yo salgo de la apnea. Lleva la camiseta desteñida que usa a modo de pijama desde hace unos años y los calzoncillos con estampado marino. Qué ironía. Mi marido va a poner fin a nuestro matrimonio vestido únicamente con una camiseta de su equipo de *rugby* favorito y unos ridículos calzoncillos de peces.

No imaginaba que fuera tan cruel como para poner fin a quince años de convivencia en el dormitorio, una noche de domingo como cualquier otra. No imaginaba que me faltaría tanto al respeto como para dejarme sin llevar los pantalones puestos. Pero párate a pensar: ¿en qué otro sitio podría haberlo hecho? Tampoco es cosa de que me invite a cenar a un restaurante para pedirme el divorcio, ni de hablar de separarnos entre dos sets de tenis. Ni de que se vista de traje para decirme que ha conocido a otra.

Mi marido se sienta a mi lado. Me coge las dos manos y las rodea con las suyas para formar una bolita sólida y compacta (noto que este gesto tan solemne y esta seriedad me consuelan un poco).

Estamos al borde de la cama. Es donde nos sentamos siempre que tenemos que hablar de algo importante. Pero ahora sé que ya no volveremos a tener estas conversaciones nocturnas (estos gabinetes ejecutivos improvisados en los que resolvemos cómo proceder con el adelanto que aún me debe el editor o la compra de una consola de juegos para nuestro hijo). Esta conversación al borde de la cama es la última; pero como soy consciente de ello, tendrá la rara belleza de las últimas veces que sí se ven venir.

Me dan ganas de interrumpirlo. De decirle que lo sé, que estoy lista, que llevo mucho tiempo aguardando ese momento. Pero no consigo que me salga de la boca el menor sonido.

Entretanto, mi marido reflexiona. Dedica el tiempo necesario a escoger las palabras. En la vida cotidiana suele hablar tirándose de cabeza, sin pararse a pensar. Pero cuando tiene que decir algo importante, siempre coge carrerilla. Eso es precisamente lo que está haciendo ahora. Se concentra, retrocede un poco, calibra la distancia, hace acopio de energía y, por fin, se lanza:

—Quería hablarte de una cosa. No sé cómo plantearla, llevo una temporada dándole vueltas, a lo mejor te has dado cuenta. Este año los dos cumplimos los cuarenta, los niños han crecido… Y qué deprisa han crecido. Así que he pensado que es ahora o nunca. ¿Qué te parecería ampliar la familia? Tener un tercer hijo, ¿qué me dices?

Me oigo contestarle que sí y me veo dándole un beso. Estoy loca de alegría. Mi marido me quiere.

Tengo que dejar de registrar sus cosas, de grabarlo, de castigarlo. Me acurruco pegada a él, embriagada de dicha ante la prueba suprema de amor que acaba de darme y convencida de las buenas resoluciones que podré poner en práctica mañana mismo a primera hora. Para eso están los lunes.

Cuando cierro los ojos, arrullada por la respiración oceánica de mi marido, empiezan a picarme los muslos. Hago caso omiso de la señal, hundo la cabeza en la almohada, me enrosco el edredón entre las piernas y me niego a rascarme. Pero los picores se me extienden poco a poco hasta la cabeza, los brazos, el vientre.

Epílogo

Esta semana me he superado. Su libreta lo demuestra. Ahí está todo: incluso lo de retirar la mano de la suya en el sofá a pesar de los tres intentos de volver a cogérmela. Mi mujercita lo apunta todo. Se esfuerza un montón.

Lo que más me ha gustado ha sido despertarla en plena noche para decirle que la quería. Verla radiante de felicidad por la mañana, antes de llamarme pasadas unas horas, presa del pánico, para pedirme que se lo confirmara. Obviamente, como todas las demás veces, se lo he negado tan tranquilo. Cuando hago eso, veo cómo enloquece.

Si me paro a pensarlo, me parece increíble: dale crédito a tus oídos, caramba, que te lo he repetido tres veces, confía más en ti misma, cariño, deja de ser tan insegura, no puede ser que dudes tanto de ti. Es tremendo lo vulnerable que es mi mujer: ¿Hasta dónde voy a poder llegar para que reaccione? ¿Es que nunca va a ofrecer resistencia? ¿Llegará el día en que por fin se rebele?

Admito que en los últimos días la he llevado al límite: tanta miradita a la camarera guapa del restaurante italiano, el miércoles a mediodía, dormirme sin una sola palabra de buenas noches en mitad de una conversación, el sustazo de esta mañana al soltarle como si tal cosa lo de encontrar un rato para hablar. Y tampoco me corté un pelo en casa de Louise y Nicolas. Pero, siendo francos, no pensé que se fuera a ofender tanto por el asunto ese de la clementina. Me pareció que realmente le pegaba mucho esa fruta. Con lo buenas que están, tan aciditas, te puedes comer mil sin hartarte nunca.

Esta semana ha sido especialmente intensa, lo reconozco, pero eso de desaparecer con Pierre en mitad del cumpleaños de la niña… ¿En serio? Menudo miedo pasé por si alguien los veía salir del baño; no estuvo muy fina, la ventana del pasillo da al jardín.

No la culpo: debería haber previsto que se le iban a cruzar los cables al verme ligar descaradamente con su mejor amiga. Y, como todas las demás veces, le hice el amor esa misma noche. Lo hago sistemáticamente cuando se acuesta con otro hombre. Para marcar territorio y también porque es mi forma de decirle silenciosamente a mi mujer que la perdono.

La semana que viene voy a tener un comportamiento ejemplar. Ni una sola línea en la libreta, ni un solo paso en falso. Y, ¿por qué no?, hasta puedo esmerarme más de la cuenta: una declaración de amor a traición y un regalo espléndido. Como se pasa la vida registrándome el correo, ya debe de saber lo de Venecia, pero puede servir.

El secreto para mantener la relación de fuerzas a mi favor es jugar con los cambios de intensidad: si todas las semanas fueran como esta, estaría exhausta y acabaría por no sentir nada. Así que, después de una semana presionándola cada vez más (el tempo debe ir *in crescendo* de lunes a domingo), ahora toca tratarla con miramientos. Para que baje la guardia. Que se sorprenda relativizando (mi marido y yo tenemos momentos buenos), culpabilizándose incluso: ¿Cómo he podido estar tan resentida con mi marido con lo cariñoso que es?

Tengo que calmar los ánimos entre nosotros para poner en marcha mi última estrategia. Esta semana he descubierto un nuevo anticonceptivo masculino, es lo que me ha dado la idea de proponerle que tengamos un tercer hijo: un método térmico y reversible que le podré ocultar fácilmente, gracias al cual mi mujer creerá que se ha vuelto estéril (o peor aún: que ya está menopáusica). Se va a pasar meses agobiada por no poder darme lo que deseo (y muerta de preocupación por si la dejo para estar con una mujer más joven que pueda darme un hijo). Puede que use el anticonceptivo unos meses; y cuando ya no se lo espere, la dejo preñada. Además, cuanto antes llegue ese hijo, menos lo querrá (y ya sabemos los dos que la maternidad no es lo suyo). Pensándolo bien, me hace ilusión tener el tercero, a Nicolas y Louise se los ve tan felices que me ha dado envidia.

Paso de libretas y de códigos, eso se lo dejo a mi mujer. Yo actúo por impulsos: hago lo que me apetece. Me acerco a ella cuando la echo de menos y me distancio cuando me satura. Resulta cómodo que está dispuesta a todo por mí. También reconfortante pero, sobre todo, tranquilizador. Ninguna mujer me querrá nunca tanto como ella. Es mi mujer.

Referencias

La protagonista está releyendo *El amante* de Marguerite Duras. También cita los *Pensamientos* de Blaise Pascal, que estudió en 2.º de bachillerato, y se identifica con *Fedra,* la heroína de Jean Racine (lo que denota una auténtica predilección por la mentalidad del siglo XVII).

En el coche, escucha *Paradis*, el último disco de Ben Mazué (un cantante del que se imagina que, en otra vida, podría haberse enamorado perfectamente). El disco de la guantera es *Famous Last Words* (1982) de Supertramp, que incluye el tema «Don't leave me now». A su hija le canta «Sunny» de Bobby Hebb y desde hace años escucha en bucle a Véronique Sanson, en especial la canción «Amoureuse».

En el salón, el marido escucha «Loving is easy» de Red Orange County. Su canción favorita es «Day by Day» en la versión de Frank Sinatra. En música clásica, es un incondicional de Mozart. De modo que lo que suena el sábado en los bafles del salón es, en efecto, la *Sinfonía n.º 40 en sol menor.*

La película favorita de la narradora es *Vacaciones en Roma* de William Wyler, con Audrey Hepburn. En el libro también aparecen Nicole Kidman y Grace Kelly. Para el cuaderno de castigos se ha inspirado en el filósofo y jurista italiano Cesare Beccaria y su tratado de 1764 *De los delitos y de las penas* (obra fundacional del derecho penal moderno). Por último, cabe suponer que está traduciendo para la editorial francesa Éditions de l'Olivier *Conversaciones entre amigos*, la primera novela de la escritora irlandesa Sally Rooney.

Agradecimientos

A Sylvie Gracia, mi editora, que reparó en mi manuscrito entre tantos otros. Gracias por hacerlo madurar con su franqueza, rigor y desparpajo. A Sophie de Sivry, que tuvo fe en mi texto y apostó por él. A todo el equipo de L'Iconoclaste (Constance Beccaria, Adèle Leproux, Sophie Langlais, Alice Huguet, Alina Gurdiel, etc.), una editorial en la que da gusto escribir y pasar el rato. Un hogar.

A todos mis lectores, en las distintas fases del proceso de escritura (desde los primeros pinitos al manuscrito que iba a enviar a los editores con el corazón palpitante). Cada uno de vosotros ha dejado su impronta en el texto.

A mis padres, que, por mi cara bonita, convirtieron regularmente su casa en residencia para escritores, a Damien, Marie Lou y Léonard, a Louise; esa familia que siempre me ha arropado con su amor. Sois la oportunidad de mi vida.

A mis amigos, de los que saco toda mi fuerza: Zoé, Lucie, Nicolas, Valentin, Thomas, Maud, Éléonore, Charlotte, Clémence, Marianne, Jeanne, Loréna. Sois mi arma secreta.

A Pierre, por la alegría y las nuevas perspectivas.

A Marion, mi amiga y consejera de literatura clandestina, a quien le debo haber descubierto el sonido de las olas bretonas y sin la que este libro no sería el mismo; tu enfoque de este texto y de mi vida en general son un preciadísimo tesoro.

A Michael, que me ha apoyado durante los tres años que estuve escribiendo este libro. Te he querido con locura.

Esta edición de *Mi marido*,
compuesta en tipos AGaramond 12/15 sobre
papel offset Natural de Torras de 90 g, se acabó
de imprimir en Salamanca el día 3 de marzo de 2025,
aniversario de la muerte de Marguerite Duras